문학은 권력에의 지름길이 아니며, 문학은 써먹는 것
이 아니다. 그러나 역설적이게도 문학은 그 써먹지 못
한다는 것을 써먹고 있다. 문학을 함으로써 우리는 배
고픈 사람 하나 구하지 못하며, 출세하지도, 큰 돈을
벌지도 못한다. …… 억압된 욕망은 그것이 강력하게
억압될수록 더욱 강하게 부정적으로 작용한다. 그러
나 문학은 유용한 것이 아니기 때문에 인간을 억압하
지 않는다. 억압하지 않는 문학은 억압하는 모든 것이
인간에게 부정적으로 작용하는 것을 보여준다. 인간
은 문학을 통하여 억압하는 것과 억압당하는 것의 정
체를 파악하고, 그 부정적 힘을 인지한다. 그 부정적
힘의 인식은 인간으로 하여금 세계를 개조하지 않으
면 안 된다는 당위성을 느끼게 한다.

(김현, 『한국문학의 위상』)

에피파니 에쎄 플라네르
Epiphany Essai Flaneur

# 김현

따듯하게
타오르는
사랑의 말

에피파니 에쎄 플라네르
Epiphany Essai Flaneur

# 김현

따듯하게
타오르는
사랑의 말

박철화 지음

에피파니

## 책머리에

이 책은 크게 두 부분으로 이루어져 있다. 앞의 1부는 나의 스승, 고(故) 김현의 25주기를 맞아 계간 《작가세계》 2015년 여름, 가을, 겨울 호에 나누어 실은 원고를 모은 글이고, 2부는 그보다 15년 앞서 스승의 10주기 문학 심포지엄 자리에서 발표한 원고이다. 2부의 이 글은 졸저 『우리문학에 대한 질문』(2002)에 수록되어 있었는데, 이번 출간을 맞아 1부의 글과 보완이 될 수 있다고 판단하여 다시 불러낸 것이다. 읽었던 분들이 있다면, 따뜻하고 너른 이해를 구한다. 애초에 이 책의 출발이 된 1부의 글은, 스승이 돌아가시기 직전의 몇 달 동안 우연히, 하지만 운명처럼 함께 시간을 보냈던 고통스럽지만 행복했던 기억을 옷감 짜듯 맞춰나간 것이다. 나의 기억이란 점에서 아주 사소하고 개인적이지만, 한국문학에서 스승의 자리를 생각하면 보편적 기록으로서의 가치를 가질 수 있다고 판단하였다.

그런 점에서 이 책은 한 특별한 인물에 대한 평전도 아니고, 그의 문학세계에 대한 비평도 아니며, 그렇다고 단순한 회고 에세이도 아닌, 이상한 형식의 글일 것이다. 나는 그저 내게는 특별했던 한 인물이 지워지지 않도록 망각의 시간과 싸우고 싶었고, 따라서 그에 대한 내 기억을 다이아몬드처럼 더 단단하게 지키려 하였을 뿐이다. 한편으로는 고통이 었지만, 다른 한편으로는 아무도 모르는 비밀을 간직한 자의 행복! 2015년에 글을 다 써놓고도 책으로 묶지 않은 이유가 그것이다. 오로지 나의 것으로만 간직하고 싶었기 때문이다. 그런데 이제 그 행복한 고통을 꺼내놓으려 한다.

먼저 어느 순간 내 나이가 스승이 돌아가시던 때를 훌쩍 넘어버렸다. 그마나 젊은 시절 가졌던 약간의 총기(聰氣)마저 사라져 스승에 대한 기억이 시간과 함께 마모될지도 모른다는 불안감이 찾아왔다. 그래서 틈틈이 적어두었던 그에 대한 기억들을 모두 한자리에 모으고 싶었다. 하지만 무엇보다 더 큰 이유는 사랑이 아닐까? 꺼지지 않고 피어나는 따듯한 기억의 말들이 이제 내 안에만 머물 수 없어 자꾸 누구에겐가 다가가려 하는 것이 느껴진다. 스승의 말은 한마디로, 나는 너를 사랑한다는 것이다. 그때의 너는 세계이기도 하고, 당신이기도 하다. 이 책의 많은 말들이 나와 스승 사이의 사적인 기록처럼 보이지만, 어쩌면 나는 그 말이 처음부터 바로 당신과 우리의 세계로 향하는 움직임이라는 것을 예감하고 있었을 것이다. 그 말의 사랑이 내 존재에 온통 스밀 때, 그것이 나를 지나쳐 번져나가지 않으리라는 것을 어떻게 믿을 수가 있나? 사랑의 말은 처음부터 우리 모두의 것이었다.

　여기서 나는 보잘것없는 내 말을 줄이는 대신, 당신의 죽음 직전 거의 마지막임을 예감하며 스승이 꺼냈던 그 사랑의 말을 적고 싶다. 스승과 나의 만남 또한 어쩌면 너와 나, 너와 세계의 만남을 비추는 뜨거운 상징이 아닐 것인가?


　"제가 생각하는 문학은 바로 그러한 더운 상징을 보여주는 일입니다. 그것은 멋진 말의 수사도 아니고, 즉각적인 반응을 유발시키는 힘 있는 구호도 아닙니다. 그것은 그 자체가 하나의 더운 상징이 되어 거기에 대한 뜨거운 반응을 유발하는 하나의 사건입니다. 수사는 역겨움을 불러일으키고 구호는 시들게 마련이지만, 뜨거운 상징은 비슷한 정황이 되풀이될 때마다 새로운 반응을 불러일으킵니다. 그 반응은 한결같은 것이 아니고 거의 매번 다릅니다. 저는 바로 그것이 문학의 힘이라고 생각합니다. 문학이 인간의 모든 문제를 다 해결해줄 수 있는 것은 아닙니다만, 문학은 그 어떤 예술보다도 더 뜨겁게 인간의 모든 문제를 되돌아보게 합니다."[1]

이 뜨거운 상징에서 샘솟는 사랑의 말을 내 안에만 가둘 수 없어 이제 세상에 내놓는다.

─────

1  제1회 팔봉비평상 수상 소감문 「뜨거운 상징을 찾으며」

# 차례

## 제1부

## 따듯하게 타오르는 사랑의 말

에피파니 에쎄 플라네르
Epiphany Essai Flaneur

# 김현

따듯하게
타오르는
사랑의 말

## 제2부

제1부

# 따듯하게 타오르는 사랑의 말

# 따듯하게 타오르는 사랑의 말 I

내가 스승을 처음 만난 것은 1987년 1학기 강의실에서였다. 물론 그 전에 선생을 모르지는 않았다. 1983년 신입생 환영식 자리에서 당시 인문대 학장인 독문과의 강두식 교수가 신입생들 앞에서 불문과 학과장 김광남 교수를 호명했을 때, 그의 이름을 처음 들은 뒤로 나는 그 몇 년을 그와 함께 살고 있었다.[1] 복도나 학과 사무실에서 마주치기도 하고, 갈비탕이 맛있어 용돈이 생기면 찾곤 하던 공대 교직원식당 가는 길에서 이따금 멋쩍게 지나치기도 하였지만, 무엇보다

---

1 프랑스문학 연구자로는 김광남 교수라는 호칭이 정확할 것이다. 하지만 나는 그분을 프랑스문학 연구자이기 전에 한국문학 비평가로 인연을 맺었으며, 지금도 그렇게 인식하고 기억한다. 따라서 이후 김현이라는 필명으로, 그리고 격의 없던 내 스승에 대한 최대한의 예의의 차원에서 경칭 '님'을 빼고 선생으로 지칭할 것이다. 그는 나에게만이 아니라 그를 사랑한 다른 많은 사람들에게도 거의 언제나 '김현 선생'이었다.

나는 그의 책을 이미 거의 다 읽은 터였다.[2]

무슨 운명처럼 들릴 수도 있겠지만, 사실은 우연이었다. 나는 기관지가 나빠서 청소년기에 꽤 고생을 했는데, 대학 들어가서 담배에 자주 노출되다 보니 상태가 급격히 나빠졌다. 학교를 휴학하고 너무 심심한 탓에 입시 때문에 미뤄두었던 책들을 닥치는 대로 찾아 읽다가, 내 고향 춘천의 작은 서점에서 마침 선생의 책을 발견했다. 『살아 있는 시들』이라는 이름을 가진 일종의 앤솔로지인데, 좋은 시들을 뽑아놓고는 거기에 선생의 해설을 곁들인 책이었다. 고교 참고서의 해설 같은 국문학자들의 판에 박힌 작품 설명에 질려서 언어학과나 가볼까 생각 중이었던 나에게 그 책은 답답하게 막힌 숨을 뚫어주는 신선한 공기 같은 것이었다.[3] 거기에는 무엇보다 언어를 통한 실존의 만남이 들어 있었다. 비평이 객관적 해설이 아니라, 주체와 주체가 만나는 '사건'이라는 것을, 그래서 결국 말을 통한 사랑이라는 것을 나는 선생의 글을 통해 어렴풋이 깨닫고 있었다.

---

2  선생이 왜 그렇게 당신 혼자서 인문대에서는 상당히 먼 공대 식당을 다녔는지 지금 와 생각해보니 좀 이상하다.

3  당시 인문대는 계열별 모집이라 나는 어문계열 소속으로 2학년 진급 시에 학과를 선택해야만 했다. 1학년 때는 그래서 임시로 소속이 정해지는데, 나는 독문과 소속이었고, 지도교수는 소설 전공의 영문과 송낙헌 교수님이었다.

휴학을 하고도 몸 상태는 더욱 나빠져 가을에는 기관지 출혈 때문에 대학병원에 열흘 가까이 입원을 했다. 당시 병원에 이종사촌 형이 내과 레지던트로, 사촌누나가 영양사로 근무하고 있은 덕에 2인실을 사용하게 되었다. 옆의 침대는 말기 간암 환자가 며칠 머물다 간 것 말고는 내내 비어 있었다. 대학 신입생인 사촌동생이 학교도 못 다닌 채 병원 신세를 지고 있는 게 좀 그랬는지, 형과 누나는 각기 집에 간직하고 있던 책들을 몇 권 머리맡에 가져다 주었다. 외출금지 상태였던 나는 심심한 탓에 그 책들을 뒤적거렸다.

사촌형님은 유신 시절 의대 학생회장으로 유신 반대 성명서를 낸 탓에 제적되었다가 몇 년 뒤늦게 1981년에 복학하여 졸업하고는 막 레지던트 과정에 진입한 터였다. 내 담당 레지던트에게는 같은 내과의 무서운 선배였던 셈이다. 지금도 병원 재직 중인 누님 역시 가정대 75학번으로 졸업을 하자마자 병원에 취직해 근무 중이었다. 이렇게 사적인 정보를 적는 것은, 그들이 내게 가져다준 책을 말하기 위해서다. 거기에는 김학준의 『러시아 혁명사』가 있었는가 하면, 김소월 전집과 박인환의 시집 『목마와 숙녀』도 들어 있었다. 당시는 그랬다. 대학생이 아직 소수였으며, 그 소수의 엘리트로서의 자부심을 가진 학생들은 전공이 아니어도 잘 알려진 시와 소설 정도는 읽고 하던 낭만적 분위기가 남아 있을 때였다. 중요한 점은 의대와 가정대 출신의 형과 누나이자 학교 선배들이 가져온 책 목록에 나를 문학으로 이끈 선생의 책이 한 권 들어 있었다는 사실이다.『한국문학의 위상』이 바로 그것이다. 나는 지금도 유종호의『문학이란 무엇인가』라는 책과 함께 이보다 뛰어난 문학 입문서를 보지 못했다. 물론 이 둘을 함께 묶기에는 어려움이 있다. 선생의 글이 주어인 '나'로 온통 채워지는 것과 달리, 유종호의 글은 객관적 기술 양식을 취하고 있다. 그럼에도 한 가지 공통점은 실존의 숨결을 가득 담고 있다는 것이다. 영문학자인 유종호의 책 또한 자신의 주관적 모국어 체험에 바탕을 두고 호불호를 가리며, 그 주관적 판단에 객관적 근거를 제시하는 방식으로 책을 써나간다. 이 두 책은 내가 강의실에서 학생들에게 문학의 매혹을 말하기 위해 늘 예로 들었고, 지금도 이따금, 특히 한국문학이 시답잖아 보일 때면 꺼내어 찾아 읽는 문학적 고향이다.

『한국문학의 위상』은 선생이 30대 초반 나이에 쓴 책이다. 이 책은 크게 두 부분으로 나뉜다. 하나는, '자신이 왜 문학을 하게 되었으며, 그 문학이란 도대체 무엇인가?'를 개인적 체험을 예로 들어가며 열정적으로 적어나간 것이고, 다른 하나는, '자신이 한국문학을 어떻게 이해하고 있는가?'를 학술적 시각에서 패기만만하게 풀어 보여주는 것이다. 열정

김현   따뜻하게 타오르는 사랑의 말

과 패기를 언급하는 것은 무엇보다 선생의 나이가 그러한 짐을 짊어지기에는 매우 젊었고, 다른 한편으로는 후반부가 국문학자의 몫에 가깝기 때문이다. 그 책에서 밝히고 있듯이 이 뒷부분은 선생의 문학적 벗인 국문학자 김윤식과 공저한『한국문학사』에서 미처 말하지 못한 부분을 따로 적은 것이다. 공저의 형식 때문에 자신의 목소리를 충분히 담지 못한 아쉬움을 여기서 풀어내고 있다.

미리 당겨서 말하자면,『한국문학의 위상』에서 나를 매혹시킨 것은 앞부분, 즉 실존 체험에 입각한 선생의 문학론이다. 자신의 치부까지를 고백하는 그 정직성과 함께, 국문학계의 계몽과 엄숙주의와는 차원이 전혀 다른 접근이야말로 이 책의 백미이며, 지금도 생생하게 살아 있는 불꽃 같은 부분이다. 나는 여기서 서양 근대시의 원류인『악의 꽃』의 시인 샤를 보들레르의 예를 드는 것으로 그 독서체험을 설명해보겠다. 그는 미국 시인이자 소설가인 에드가 앨런 포의 시학에 열광한 것으로 유명한데, 포의 문장을 읽었을 때, 자신이 쓰고 싶었던, 아니 오래전부터 써왔던 바로 그 문장이었다고 놀라며 밝히고 있다. 감히 말하거니와 나도 선생의 책을 읽었을 때, 바로 내 이야기, 내가 쓰고 싶었던 바로 그 문장을 보는 것 같았다. 어떤 커다란 에너지와 접신이 되는 신비체험에 가까웠다.

사실 그에 반해 뒷부분은 한국문학사를 정리하는 차원에서 읽긴 했으나 크게 와 닿지는 않았다. 그것은 김윤식과 공저한 예의 『한국문학사』도 마찬가지여서, 왜 그 책이 학술적 차원에서 의미를 갖는지는 이해하겠으나, 그것의 핵심적 주장에 나는 동의하지 않는다. 우리 근대문학의 기점을 영·정조 시대로 끌어올려 근대문학의 자생적 태동 가능성을 폼나게 주장하는 부분이 그것이다.[4]

사실 선생이 이 책을 쓰던 1970년대 초만 하더라도 우리 학문의 핵심 과제 가운데 하나가 식민통치 잔재 극복이었다. 역사학에서 시작하여 국학 분야의 다른 학문으로 번진 우리의 민족주의 프레임은 식민지 콤플렉스를 떨치기 위해서 한 번은 거쳐야 할 것이었다. 식민사관의 자학적 한국사와 한국인의 부정적 정체성으로는 근대화의 당당한 주체가 될 수 없었기 때문이다.

하지만 세대가 다른 나는 여기에 그다지 동의하지 않을 뿐더러, 그 시각이 위험한 것이라 생각한다. 식민주의 극복이 꼭 민족주의여야 하는 것은 아니기 때문이다. 잘 알려져

---

4 물론 선생이 단순히 민족주의 열정에 사로잡혀 그러한 주장을 편 것은 아니다. 선생이 젊어서 사숙한 프랑스 철학자 가스통 바슐라르의 '단절'과 '감싸기'라는 인식론의 틀을 동원해 근대적 문학 개념 안에도 전통적 개념이 자리할 수 있다는 것을 전제로 하며 논의를 이끌어 나간다.

　　　　　　　　　김현　따뜻하게 타오르는 사랑의 말

있다시피, 서양사에서 민족주의는 나치의 망령에서 보듯 일찌감치 부정적 면모를 드러내어 그 위험에 대한 지적이 충분히 있어 왔다. 역사에서 승자는 늘 타자(The Other)에 문을 연 개방국가였다. 동일자(The Same)의 순수성에 집착하면 할수록 악마적 속성을 드러내며 몰락해갔다는 것이 역사의 보편적 진리다. 그런데 산업혁명과 근대화의 흐름에서 뒤처져 제국주의 침탈을 받은 후진국에서는 상대적으로 민족주의 프레임이 매혹적으로 다가오는 것도 사실이다. 상처받은 자존심을 치유하는 차원에서 그만큼 효과적인 것도 없기 때문이다. 하지만 현실을 엄밀하게 파악하지 않고서는 내적 성숙 또한 불가하다. 우리의 현실은 자존심으로만 이루어지지 않으며, 세계를 구성하는 다양한 힘들에 대한 냉철한 이해 없이는 여전히 후진성을 벗어나기가 어렵다. 그런 점에서 우리에게 민족주의란 거칠 수밖에는 없지만, 동시에 극복해야만 하는 역사적 과제로서, 선생과 김윤식이 함께 쓴 『한국문학사』는 꼭 있어야만 하는 책이었지만, 아울러 민족주의 극복이라는 미완의 과제를 안고 있는 저술이기도 하다.

내가 보기에, 19세기 당시 세계 최빈국이자 가장 폐쇄적 국가였던 봉건 조선이 스스로의 힘으로 근대화를 이룰 수 있었으리라는 것은 소설 속 상상으로서나 가능한 희망사항일 뿐이다. 모든 변화는 그것을 짊어질 주체를 필요로 하는

데, 봉건 조선의 패러다임을 바꿀 주체는 한국사를 아무리 뒤져봐도 보이지 않기 때문이다. 사대부는 임진왜란과 병자호란이라는 외적 충격에도 낡은 성리학의 패러다임에 갇혀 조선과 중국을 벗어난 외부 세계를 이해하는 힘 자체를 갖고 있지 못했다. 오히려 임란과 병란의 두 재앙은 그들에게 내부적 단속을 강화하는 계기로 작용했다. 외부의 모든 것은 중국에 의존한 채였다. 공공연한 이야기이지만, 임란과 병란 이후로 조선은 독자적 외교와 국방권을 가진 국가가 아니었다. 청나라에게 전적으로 기대어 '소중화(小中華)'를 외치며 유학의 전통이 자신에게 있음에 안주한 사대부들에게 무슨 기대를 할 수 있었을까? 심지어 그들은 식민의 치욕을 경험한 뒤에도 자신들의 세계관을 내려놓지 않았다. 1919년 3. 1 독립만세운동을 앞두고 각계 민족지도자들이 유학자 대표들과 접촉했을 때, 그들은 조선왕실의 부활을 주장하는 시대착오적 억지를 부리며 단합을 거부했다. 그들에게는 20세기 개명 천지에 반(反)봉건이라는 근대적 시대정신을 이해할 능력도, 의지도 남아 있지 않았던 것이다.

그렇다고 서양의 부르주아지처럼 부의 축적을 바탕으로 지식을 습득하며 시대정신을 깨우치고 변화를 주도할 다른 계급이 존재하지도 않았다. 서양에서는 평민 부르주아가 법복귀족을 거쳐 권력의 핵심으로 진입할 수 있는 사회적 역동성이 있었던 반면, 사농공상의 엄격한 신분체계에 짓눌린 봉건 조선의 다른 계급은 변화를 주도할 수 있는 지식이나 권력을 갖기 어려웠다.[5] 따라서 봉건의 거대한 늪에 빠져 있던 조선이 스스로 근대를 만들어갈 수 있었을 것이라는 민족주의 담론은 식민지 트라우마가 강하게 남아있던 세대의 소설일 뿐이지, 전혀 현실적인 것이 아니라고 나는 판단한다.

이야기가 조금 길어졌다. 선생에 대해 말을 꺼내기 시작하면, 나는 그가 내 정신의 아버지라는 것을 조금도 유보하지 않는다. 문학적 주체로서 나는 그를 통해 생각했고, 그를 통해 배웠으며, 그를 통해 이나마 성숙할 수 있었다. 하지만 그 점이 내가 맹목적으로 선생의 모든 것을 지지하고 옹호한다는 뜻은 아니다. 불과 몇 년의 짧은 기간이지만 내가 곁에서 깨달은 '김현다움'이란 그를 멋지게 부정하는 타자까

---

5 『수상록(Les Essais)』의 저자 미셸 드 몽테뉴 같은 경우가 대표적이다. 중세 말과 르네상스기의 사회 변동 속에서 그의 조상은 와인 거래 따위의 상업 활동에 종사해 부를 쌓았고, 그 부를 바탕으로 귀족과의 혼인을 통해 신분 상승을 꾀한다. 프랑스에 르네상스를 불러온 프랑수아 1세 휘하의 군인으로 이탈리아 원정 전쟁에 참여하며 세계의 변화를 목격한 몽테뉴의 부친은 그 자신이 법복귀족이 되어 마침내 보르도 시의 시장직에 오른다. 그는 아들에게 라틴어 교육을 시킴으로써 유럽의 학문 전통을 습득하게 했고, 법복귀족을 뛰어넘어 황제를 보좌하는 고위 귀족의 길을 열어준다. 아버지의 뒤를 이어 몽테뉴는 보르도 시장에 오르고 황제의 곁에서 정치적 자문을 하기도 했지만, 영지를 상속받는 것을 계기로 정치와 권력의 일선에서 물러나 자아와 세계를 성찰하는 글쓰기에 자신의 삶을 바친다.

지를 오히려 두 팔을 열어 끌어안는 데 있다. 잘 알려진 일이지만, 선생은 오로지 글로만 타자를 이해하고 평가하는 사람이었다. 글만 좋다면 출신이나 학벌 같은 걸 아예 따지지 않았다. 중고교 입시가 있어 청소년기부터 수재들끼리 모여 공부하던 그 엘리트 세대에서 선생은 내가 아는 한 가장 소탈하고 격의 없는 분이다. 그렇기 때문에 선생은 내가 그의 민족주의 담론을 부정한다고 해서 나무라지 않을 것이다. 단지 내가 어떤 근거로 그런 판단을 하였는지 호기심에 가득 찬 눈으로 나를 보며 물을 것이다.[6] 그렇다면 넌 어떻게 생각하냐? 세상의 모든 지식을 다 알 것 같은 선생의 둥그런 눈 때문에라도 나는 식은땀을 흘리며 횡설수설 주절거릴 것이다. 선생과 나의 대화는 늘 그런 식이었다.

처음으로 돌아가자. 예의 1987년 3학년 1학기 강의는 이례적인 것이었다. 선생의 전공은 비평이라서 학부생은 보

---

6  전해 들은 이야기다. 불문과의 내 성실한 동기생 하나가 선생의 『프랑스 비평사』를 읽으며, 어떤 이유에서인지 출전을 하나씩 확인해본 적이 있었던 모양이다. 그 가운데 각주에서 밝힌 서지 내용이 실제와 부합하지 않는 곳이 있었다. 이 친구는 강의 중에 선생에게 그 점을 지적했고, 선생은 당황했지만 바로 이렇게 답했다고 한다. "내가 확인해보고 다음 시간에 알려주겠습니다." 선생은 강의실에서는 어린 제자들에게도 부드러운 높임말을 쓰셨다. 그리고 한 주 뒤에 선생은 강의실에서 그 동기생의 지적이 맞으며, 틀린 부분은 개정판을 낼 때 바로 잡겠다고 약속했다. 그러고는 책을 출간하면서 그 동기생의 이름과 지적사항을 밝혀두었다. 당시 그 동기생은 학부 4학년 생이었는데, 지금은 모교의 교수로 재직하고 있다.

김현   따뜻하게 타오르는 사랑의 말

통 4학년 졸업반이나 되어서야 선생의 강의를 들을 수 있었다. 그런데 1987년에는 19세기 시 전공 교수님께서 연구년[7]으로 자리를 비우는 바람에 학과 커리큘럼에 변동이 생겼다. 19세기 시 강의는 오생근 선생님이, 그리고 19세기 산문 강의는 선생이 맡게 된 것이다. 선생의 강의 주제는 '19세기 소설에 나타난 사랑'이었다.

지금도 내가 프랑스 문학 연구자가 아니듯, 그때도 내게 전공인 프랑스 문학은 커다란 관심사가 아니었다. 나는 선생에게 글읽기와 글쓰기를 배우고 싶었을 뿐, 프랑스 문학 전문가가 되겠다는 생각은 없었다. 그러니까 불문학자 김광남이 아닌, 문학평론가 김현을 만나고자 불문과로 진학을 한 터였다. 앞서 밝혔듯이 당시 83학번은 2학년 진입 시에 전공학과를 선택해야 했다. 나는 고등학교에서 독일어를 배웠다. 프랑스어는 알파벳 발음조차 몰랐다. 그런데 휴학을

---

7  그때는 '안식년'이란 용어를 잘 사용하지 않았다. 다른 얘기가 되겠지만, 우리 사회가 지나치게 서양 흉내를 내는데, 그 한복판에 대학이 있다는 한 증거가 이 용어의 변모일 수 있다. 나는 신앙인이지만 '안식년'이란 이 번역어가 그 기독교적 색채 때문에 마음에 들지 않는다. 몇몇 국학 분야를 제하고는 외국대학의 학위 없이 대학교수가 될 수 없다는 점이야말로 우리 학문과, 나아가 우리 자체의 식민성을 드러내는 부분이라고 나는 생각한다. 가진 것이라고는 인적 자원밖에 없는 나라에서 스스로 인재를 키우지 못하는 이 불구의 현실을 어떻게 이해할 것인가? 나는 10년 동안 재직했던 대학을 떠나면서, 여기에 대한 책을 준비하고 있다.

하며 선생의 책에 빠진 나머지 복학을 계기로 1984년 교양 불어 강의를 듣기 시작하여 불문과로 진학을 했다.[8] 그때는 그랬다. 미래를 그려나가는 데 꽤나 낭만적인 무모함이 있었고, 그래서 조금은 자유로웠다. 그리고 2학년 때까지 나는 그런대로 성실한 학생이었다.

지금도 비슷할지 모르겠는데, 당시만 해도 불문과 학부의 거의 모든 강의는 철저한 원어 강독으로 이루어졌다. 해석의 정확성이 무엇보다 중요했다. 지금 와서 보면 그 일의 중요성을 충분히 이해할 수 있지만, 그때는 답답했다. 나는 문학을 배우고 싶었는데, 학과에서는 언어를 배우라고 강요하는 모양새였다. 정확한 단어와 쓰임새를 익히기 위한 고된 반복 훈련이었다. 물론 그 덕에 오히려 우리말을 객관적으

---

8  여담인데, 군입대를 준비하는 바람에 그만두긴 했지만, 1984년 2학기에 학과의 정명교 선배(비평가 정과리)에게 '교양불어 2' 강의를 들은 적이 있다. 그때 같은 강의실에 국문과 졸업반의 류보선 선배도 수강생으로 있었다. 정과리 선배는 내가 불문과로 진학할 계획이라고 하자, 카뮈의 『이방인』을 원서로 읽어보라고 권했다. 자신도 그 책을 읽으며 프랑스어를 익혔다고 하면서. 그런데 그때는 교통사고로 병원 치례를 하느라 제대로 읽지 못했다. 대신 1986년 첫 학기에 홍승오 교수님으로부터 아주 꼼꼼한 『이방인』 강독 강의를 들었고, 1991년 보르도 대학으로 프랑스어 연수를 받으러 갔을 때, 나는 이 책을 통째로 외워버렸다. 카뮈의 글을 두어 쪽씩 외워 쓰면서 나는 수식어가 많은 문장이 그다지 좋은 문장이 아니라는 것을 배웠다. 문학은 화려한 수식어로 이루어지는 것이 아니라, 존재와 세계의 진실을 붙잡으려는 정신의 노력을 담는 일이다.

로 보는 습관을 그때 어렴풋이 익히기 시작했다.[9]

하지만 나는 서서히 지쳐갔다. 강의실 밖에서는 허구한 날 최루탄이 터지고, 아는 얼굴들이 갑자기 사라질 때였다. 그 안에서 프랑스어 단어와 표현을 익히는 일은 최루탄 연기 한가운데서 향수의 향기를 감별하여 섬세하게 노트를 완성하는 일이나 마찬가지였다.[10] 나는 그때 스물 하나였고, 내일 세상이 무너지더라도 오늘 사과나무를 심어야 하는 이치를 깨닫기에는 너무 젊었다. 게다가 10남매 장남인 가난한 말단 공무원의 아들이었고, 대학에 다녀야 할 형제자매가 셋이나 더 있었다. 어쨌거나 그런 고민은 선생의 것이자, 일

---

9   예를 들면, '~때문에'와 '~덕분에'를 구분하는 일 같은 것이다. 앞의 표현이 객관적 이유를 말하는 à cause de~, 즉 영어의 because of 라면, 뒤의 표현은 grâce à~에서 보듯 단어에서 이미 그 원인이 좋은 속성의 것이라는 점이 확연히 드러난다. 자격을 나타내는 조사 '~로서'와 수단과 방법을 나타내는 '~로써'를 구분하는 것도 마찬가지인데, 프랑스어에서는 아예 단어가 다르다. 그러니 혼동을 할 수가 없다. 그런데 우리말에서는 철자와 발음이 비슷하다 보니 언론인에서조차도 이 표현을 구분하지 않고 마구 섞어 쓴다. 명백한 잘못이다. 『잃어버린 시간을 찾아서』로 프랑스어의 궁극적 경지를 보여준 마르셀 프루스트가 '문학은 외국어로 하는 것'이라고 했을 때, 그 말은 외국어로 글을 쓰라는 얘기가 아니라, 모국어를 외국어 보듯 객관화시켜서 엄밀하고 정확하게 찾아 쓰는 일이야말로 문학 행위의 본질이라는 뜻이다.

10   향수를 표현할 때는 향기를 처음, 중간, 마지막으로 구분하여 적는다. 그것을 노트라고 부르는데, 와인이나 커피도 그 방식을 따라한다. 나는 예술의 한 속성이 이런 섬세한 구분이라는 것을 지금은 동의한다.

찍 세상을 등진 한 제자의 것으로 『한국문학의 위상』에 고스란히 담겨 있긴 했지만, 현실은 그 말의 울타리를 넘어서고 있었다. 나는 세상으로 나가고 싶었고, 그러기 위해서는 프랑스 문학의 꽃밭을 탈출해야만 할 것 같았다. 내가 선생의 강의를 처음 듣던 1987년 1학기가 바로 그런 고민에 뒤늦게 휩싸여 있을 때였다.[11]

나는 그 강의를 정확히 반밖에, 아니 거의 듣지 않았다. 그래서 말에 어폐가 있지만 지금도 그 강의를 생생하게 기억한다. 기대를 가득 안고 가슴 떨며 참석한 첫 강의가 너무 실망스러웠기 때문이다. 선생은 몇몇 프랑스 연구자들의 소설 이론을 설명하고, 19세기 낭만주의 소설을 중심으로 '사랑'에 대해 다루겠노라고 강의 안내를 했다. 거기서 나는 처음으로 제네바 학파의 장 루세나 '욕망의 삼각형' 모델을 만든 르네 지라르 등등의 이름을 들었다. 소설로는 스탕달의 『적과 흑』이나 플로베르의 『마담 보바리』처럼 내가 읽은 작품도 있었지만, 뱅자맹 콩스탕의 『아돌프』나 조르쥬 상드,

---

11  앞에서 밝혔듯 나는 기관지 확장증으로, 그 다음에는 교통사고로 2년의 휴학 기간을 다 쓰고 늦게야 1986년에 전공 진입을 했다. 1987년이면 고교와 대학 동기생들은 이미 운동을 계속하여 혁명의 길로 나설 것인지, 아니면 그만두고 현실에 순응할 것인지의 고민을 끝내고 아예 현장으로 갔거나, 막 군대를 마치고 돌아올 때였다.

마담 드 스탈같이 전혀 이름을 들어본 적이 없는 작가나 작품도 섞여 있었다. 아니 이런 향수 냄새 폴폴 풍기는 것들을 읽으며 이 야수의 시간을 보내야 한단 말인가? 첫 강의에 대한 인상은 그런 것이었다. 그러니까 그때까지도 나는 프랑스 문학자로서의 김광남을 잘 받아들일 수 없었던 것이다.[12]

그 때문인지 나는 중간고사를 치를 때까지 학교에 거의 나가지 않았다. 하숙집에서 내가 좋아하는 책들을 읽으며 혼자 시간을 보냈다. 나의 고민은 단순화시키면 이런 것이

---

12  여기서 한 가지 얘기를 덧붙여야겠다. 1984년 1학기에 나는 복학을 해서 교양 영어 강의를 들었는데, 담당 교수가 백낙청이었다. 너무 잘 알려진 이름이라 조금 긴장을 하기도 했지만, 오히려 강의 시간에는 단 한마디도 교재를 벗어나는 이야기를 하지 않았다. 심심할 정도였다. 사찰 가능성이 남아 있어서였을까? 그런데 딱 한 번 거기서 벗어난 적이 있다. 돌아가며 해석을 하는 수업에서 한 학생이 내가 들어도 너무 어이없는 엉터리 번역을 하니까, 백 교수님이 간신히 화를 참으며 책을 덮고는 이렇게 말했다. "이 사람들은 자신들의 모국어로 이렇게 멋지게 글을 썼습니다. 여러분은 이 나라 최고의 인재들입니다. 그렇다면 이 사람들의 수준에 모자라지 않는 한국어로 이 말을 옮길 수 있어야 합니다. 그게 이 사람들을 이기는 일입니다." 반미(反美)의 시절이었다. 그렇다! 더 멋진 한국어를 쓰는 일이야말로 최고의 반미이며 반일이다. 나는 그의 정치관이나 문학관과는 아예 다른 길을 갔지만, 그럼에도 이 말만큼은 내 삶의 소중한 깨달음으로 남아 있다. 때때로 그를 비판하고 싶은 유혹이 들 때에도, 나서지 않은 이유가 바로 이것이다. 게다가 백교수는 늘 혼자서 다니며, 학생들이 써 붙인 졸렬한 문장의 대자보를 꼼꼼하게 읽었다. 대자보가 잔뜩 걸린 벽 앞에 가만히 서 있는 그의 뒷모습을 여러 번 봤다. 내가 10년씩이나 학생들의 유치찬란한 리포트를 읽어야 하는 교수의 '비루한' 운명을 수긍한 것에는 백교수의 그 모습도 들어 있다. 아마 그도 힘들었을 것이다. 나는 대자보의 문장이 대부분 거칠고 졸렬해서 운동권에 마음이 기울지 않았다.

었다. "사람의 목숨이란 게 참 보잘 게 없지 않나? 그런데 세상은 왜 이리 혼란스러운가?" 앞의 질문은 내내 병원을 들락거려야 했던 내 연약한 청춘이 지어낸 것이고, 뒤의 질문은 문학만으로는 감당이 안 되는 당시의 거친 현실이 만든 것이다. 박종철 고문치사 사건과 제5 공화국의 4.13 호헌 조치로 세상은 더 흉흉해졌고, 내 건강은 아주 더디게 회복되는 중이었다. 쥐들이 돌아다니는 허름한 영화관에서 동시상영 영화로 시간을 보내다 지겨우면 산에 오르기도 했다. 학교를 가다 말고 교문에서 오른쪽으로 방향만 틀면 관악산이었다. 어딘가 나설 때, 손에 들을 수 있는 제일 가벼운 것이 시집이었다. 그전까지는 소설을 많이 읽었는데, 처음으로 시를 찾아 읽기 시작했다. '창비'나 '문지' 시집은 구겨서 뒷주머니에 넣을 수도 있었다. 재미없는 작품은 한 쪽씩 과감하게 뜯어버리기도 하고, 약간이라도 흥미가 생기면 접어서 주머니에 넣고 다시 꺼내 읽으며 외우는 방식의 읽기를 했다. 관악산을 내려오면, 학교 교문과 만나기 전에 '강 건너'라고 부르는 먹거리 장터가 있었다. 싸구려 막걸리와 안주가 주된 메뉴였다. 거기서 낮술로 얼굴이 불콰해져 돌아오다가 선생의 강의를 듣는 후배들을 우연히 마주치기도 했다. 그들을 살짝 경멸했던 것 같다. 무엇보다 나는 시를 외우고 있었으니까.

단언하건대 나는 대학에서 문학 수업을 받은 적이 없다. 내 전공은 기껏해야 프랑스어 문헌 번역이었다. 텍스트의 '분석과 해석'은 나중 일이었다. 따라서 내게 유일한 문학수업이란 그렇게 시를 통째로 외운 것이었다. 꽤 시간이 흐른 뒤에 나는 글쓰기에 관한 한 그것이야말로 최고의 수업이라는 것을 알았다. 선생이 젊어서 낸 책의 어느 구절에는 시인이 되려면 시를 2백 편쯤 암송해야 한다는 말이 있다. 앞서 언급한 가스통 바슐라르의 말처럼 시를 손으로 옮겨 적으며 입으로 소리 내어 외우는 순간, 우리는 말을 통해 시인의 정신과 실존적 만남을 갖는다. 그것을 의식한 것은 전혀 아니었지만 모르는 새에 나는 그것을 실천하고 있었다.

아마 선생의 말대로 2백 편쯤 외웠으면 시인이 되지 않았을까? 꼭 그렇지는 않았을 것이다. 앞서의 샤를 보들레르에 따르면, 시인의 천분 가운데 하나가 천진함(naïveté)이다. 현실적인 가치관에 휘둘리지 않는다는 것인데, 좋게 말해 천진난만함이지 사실은 '철딱서니 없음'이기도 하다.[13] 그런데

---

13  그래서 보들레르 자신이 부친에게 상속받은 수십 억 가치의 유산을 불과 두어 해 만에 사치스러운 삶으로 태반을 날리고 금치산자가 되어 일생을 공증인에게 돈을 더 달라는 편지 쓰는 데에 탕진했으며, 혼혈 매춘부 잔느 뒤발에게 평생 헤어나지 못 했고, 결국 성병 후유증으로 40대 후반에 고생하다 죽는다.

나는 천진해서도 안 되었고, 그렇게 천진할 수도 없는 사람이었다. 시인의 천품을 갖지는 못 했던 것이다. 그래서인지 나는 지금도 문학적 성취보다는 인간적 성숙을 더 중요하게 생각하는 경향이 있다.

어쨌거나 시를 읽고 외우기를 백 편 조금 못 채웠을 즈음에 사건이 하나 일어난다. 그렇게 혼자서 강의를 거부하다가 중간고사 지나고 막 5월이 되었을 때, 학교에 갈 일이 생겼다. 군에서 휴가 나온 친구와 약속이 잡힌 것이다. 당시만 해도 제대로 된 카페가 적을 때라 술자리가 아니면 학교가 만나기 제일 좋은 장소였다. 세상은 지랄 같았지만 아름다운 계절이었다.

그날 친구와 약속을 마치고 공교롭게도 선생의 강의를 듣는 후배들을 만났고, 좋은 날씨에 흥이 오른 나는 그들과 어울려 자연스레 강의에 참여하게 되었다. 한참 출석부를 부르던 선생이 내가 답을 하자 약간 놀라는 표정으로 고개를 들어 나를 찾았다. 내가 손을 들자, 그동안 무슨 일이 있었는지, 왜 강의에 참석하지 않았는지를 물었다. 할 말이 없는 것은 아니었지만 그 자리에서 꺼낼 얘기는 아니었다. 나는 난처한 나머지 강의가 끝난 뒤에 따로 말씀드려도 되겠느냐고 답했다. 물끄러미 나를 보던 선생이 말 안 해도 다 알겠다는 듯이, 그럼 강의 뒤에 연구실로 오라고 하고는 마저 출석을

김현  따뜻하게 타오르는 사랑의 말

불렀다.

　기억이 나지 않는 것을 보면, 그날 강의 내용은 귀에 잘 들어오지 않았던 것 같다. 작품을 읽지 않은 데다 강의를 듣지 않은 지 오래 되어 집중이 잘 안 되었을 것이다. 오로지 어려운 자리일 선생의 연구실에 가면 무슨 얘기를 어떻게 해야 할까를 궁리하느라 시간을 다 보냈던 것 같다. 약속은 약속이니만치 강의를 마치고 나가는 선생의 뒤를 따라 연구실로 갔다. 연구실은 좁았다. 양쪽 벽을 책장이 가득 채웠고, 출입문 맞은편 창가 쪽으로는 선생의 책상이 그리고 한가운데에 몇 사람이 앉을 수 있는 큰 책상이 놓여 있었다. 선생의 명성과는 어울리지 않는, 국립대학 교수의 작은 연구실, 그게 다였다.

　선생의 미소는 사람을 편하게 만드는 데가 있다. 그 미소에 홀려 그 자리에서 나는 정신없이 뭔가를 쏟아냈던 것 같다. 젊음의 막막함이야 누구나 마찬가지였을 것이다. 영악한 나는 아마도 과장을 좀 보태어, 문학을 하고 싶었으나 그런 바램과는 거리가 먼 학과의 커리큘럼에 대한 실망, 그리고 문학 자체가 이 거친 시대에 너무 나약하지 않은가 따위의 말들로 칭얼거렸을 것이다. 난처한 나머지 헛소리를 해대는 철딱서니 없는 청춘의 무책임을 선생이라고 몰랐을까? 그런데도 선생은 내 고민이 충분히 의미 있는 것이며,

문학을 떠나 그것 자체가 인간적 성숙의 한 과정이라는 얘기를 했다.

그래서 더 마음 놓고 어리광을 부렸다. 나는 학교에는 더이상 뜻이 없어 앞으로 어떻게 살아야 할지를 고민하느라 강의에 참석하지 못 했다고 즉석에서 멋있는 핑계를 만들었다. 그런 나에게 선생은 고민은 고민대로 조금만 더 같이 해보자, 대신 학교를 그만둘 확고한 시점이 오기까지는 학생으로서 최소한의 책임을 다 하는 자세도 나쁘지 않겠다. 그래서 만일 리포트를 제출한다면, 중간고사 때까지 결석한 것을 문제 삼지 않겠다, 라고 했다. 어! 엎질러진 물을 담을 수 있다니! 그것도 내가 그토록 빠져들었던 김현에게서! 그것은 유혹이었다. 하지만 바로 고개를 끄덕일 수는 없지 않은가? 선생의 말씀을 잘 새겨서 좀 더 신중하게 고민하겠노라고 답을 하고는 연구실을 나왔다.

선생이 다음 강의 때 강의실에서 만나 수 있길 바란다며, 그때 가져오면 된다고 했던 리포트의 주제는 다음과 같다. 선생의 강의 주제가 '사랑'이니 사랑을 다룬 글을 찾아서, 그 글에 표현된 사랑이 어떤 것인지를 적되, 프랑스 문학은 아직 낯설 터이니 어떤 텍스트든 괜찮으며, 심지어는 버스 터미널이나 기차역에서 파는 마분지 에로 소설도 가능한데, 그 경우에는 선생이 텍스트를 모를 수 있으니 텍스트와 함께 제출할 것! 사실 나는 이 마지막 조건에 무너졌다. 이토록 열려 있는데 어떻게 안 들어갈 수 있을까?[14]

　답은 정해져 있었다. 학교 바깥은 내가 두려워하는 곳이었다. 집안의 가난 덕분에 나는 청소년기에 이미 온갖 농사일을 배웠다. 가난한 살림에 보탬이 되고자 어머니가 누에 농사를 지었기 때문에 주말이나 방학에는 뽕밭에 가서 풀 뽑고 농약을 치는 것은 기본이고, 재래식 화장실에서 똥지게를 진 적도 몇 번 있다. 그래서인지 대학에 들어와서 농활을 가자는 젖비린내들을 보면 웃음이 나왔다. 너희들이 평생 농활을 해도 내가 일한 것의 반의 반도 안 될 것이다. 내 심정은 그것이었다. 그리고 무엇보다도 나는 농사일을 사랑하지 않았다. 고생하는 어머니가 안쓰러워 도운 것이지, 노동은 고통스러웠고, 나는 그 노동이 싫어서 공부를 선택한 사람이다. 그러니 할 수만 있다면 '안'에 있고 싶었다. 아니

---

14　2001년으로 기억한다. 강사 신분이었던 나는 학기가 거의 끝나가던 5월 말에야 나타난 한 여학생을 강의실에서 마주쳤다. 무슨 사연이 있었느냐고 물었다. 여학생은 선배와 연애를 하느라고 그랬다 했다. 그때 문득 학생 시절의 내 모습이 떠올랐다. 나는 여학생에게 '연애사건 전말기'를 내가 납득할 수준으로 적어오면 학점을 주겠다고 했다. 그 여학생은 적지 않은 분량의 사연을 적어왔다. 청춘의 패가망신할 '부주의한 사랑'이었다. 여학생이 여전히 그 사랑에 흥분해 있는 상태라 섬세함이 살짝 부족했지만 전체적으로 설득력 있는, 상황 전달이 충분히 되는 잘 쓴 글이었다. 나는 B+ 학점을 주었다. 그 여학생은 지금은 세 아이의 엄마가 되었다.

무슨 일이 있어도 고된 노동만큼은 피하고 싶었다.

　며칠 고민하다 고향집으로 내려갔다. 마침 그 다음 주가 휴일이라 나에게는 십여 일의 여유가 있었다. 이왕 쓰기로 한 이상 잘 쓰고 싶었다. 휴학생의 외로움 속에서, 병원의 그 고적 속에서 간절한 구원으로, 어둠 속의 빛처럼 발견한 김현에게 보여줄 글이었다. 서점에 나가서, 도서관에서 그리고 고향집 책장에서 서지 목록을 보면서 나는 고르고 또 골랐다. 그래서 마지막으로 선택한 작품이 박완서의 『나목』이었다.

　나는 그 작품을 이미 두어 번 읽은 적이 있다. 아마도 주인공 경아가 노란 융단처럼 은행잎이 떨어진 곳에 누워 자신의 젊음에 닥친 불행의 가혹함에 진저리를 치던 장면에 붙들렸던 것 같다. 그게 내 삶의 풍경이기도 했다. 나는 주인공 경아가 화가 옥희도와 흑인병사 조와의 방황을 거쳐 마침내 또래의 청년과 결혼하는 과정을 '통과제의'로 이해했다. 민음사 소설총서로 나온 『도둑맞은 가난』속에 들어 있던 그 작품을 해설한 사람이 공교롭게도 유종호였다. 나는 그의 글을 징검다리 삼아서 옥희도와의 관계가 미성숙한 자아가 그리는 이상화(理想化)된 사랑이라면, 흑인병사와의 관계는 그것이 좌절된 데서 온 자기파멸적 사랑이고, 마침내 결혼에 이르는 태수와의 관계야말로 현실적인 성숙한 사랑이라는 것을 적었다. 내가 늘 고민하는 '존재의 성숙'이라는 문제가 그때 이미 내 안에 싹트고 있었던 게 아닐까? 잘 모르겠다. 돌아보니 그렇다는 말이다.

리포트의 제목은 '통과제의로서의 사랑'쯤 이었다.[15] 다음 강의 전에 문 앞에서 기다리고 있다가 선생께 리포트를 드렸다. 이제 와 하는 말이지만 그 뒤로도 선생의 강의를 잘 듣지 않았다. 출석은 했지만, 마음은 늘 어지럽게 바깥을 맴돌았다. 어차피 강의의 흐름을 놓친 터였다. 특히 리포트를 제출한 날은 내 첫 글이 어떻게 평가될지 몰라 자의식이 한껏 발동되었을 것이다. 어쨌거나 선생과의 약속을 지켰다는 점, 그리고 평론 형식으로는 처음으로 글을 맺어봤다는 점에 꽤나 우쭐해하지 않았을까 싶다.

그렇게 며칠이 지나고 선생과 우연히 마주치게 되었다. 『이방인』 강독을 해주셨던 홍승오 선생님과 함께 점심을 들고 오시던 길인 모양이었다.[16] 멀리서 내 이름을 부르는 소리

---

15  선생은 원고지에 적은 마흔 장가량의 그 리포트를 내게 돌려주었는데, 학생 시절 몇 번 이사를 다니다 어디선가 잃어버렸다. 등단을 하고도 한 동안은 그 원고를 갖고 있었다. 어쨌거나 그래서 제목은 정확하지 않다.

16  선생의 경복고 선배이기도 한 홍승오 선생님은 뒤에 학내 민주화의 하나로 학장 직선제를 실시했을 때, 인문대 초대 학장으로 선출되었을 정도로 인품이 뛰어난 분이었다. 20세기 프랑스 소설을 전공하신 선생께 나는 '기초 불문법'과 '소설 강독' 강의를 듣는 행운을 누렸다. 내가 생각하는 가장 이상적인 학자의 풍모를 지닌 분이었다.

에 돌아보니, 두 분이 함께 계셨다. 손짓을 하시길래 부지런히 가니 홍선생님께서 먼저 "리포트를 재미있게 썼다면서요" 하고는 웃으시며 자리를 비켜주셨다.[17]

선생을 따라 연구실에 들어서자, 선생은 예의 그 미소를 지으며 부드럽게, 하지만 단도직입적으로 말했다. 대략 이런 내용이었다. 리포트 잘 읽었고 곧잘 썼다. 통과의례는 인류학에서 많이 쓰는 용어인데, 최근 경향은 내가 쓴 'rite de passage' 보다는 'initiation'을 주로 쓴다. 그리고 책을 좀 읽은 편인 것 같은데 주로 어떤 책이 마음에 다가왔나? 등등이었다.

---

17  오해를 피하기 위해 쑥스러운 사실을 하나 적어야겠다. 휴학 끝에 돌아온 터라 1, 2학년 동안에는 공부에 신경을 좀 썼다. 60여 명의 계열 잔류생들이 학과 진입을 할 때, 1학년 수석이었던 내가 불문과를 선택한 것이 학과의 교수님들께는 나름 기분 좋은 소식이었던 것 같다. 문학적 자부심이 높은 분들이었는데, 졸업정원제 이후 학생이 폭증하면서 성적이 좋으면 모두 영문과로 진학하는 것처럼 되어 있었던 탓에 은근히 자존심이 상하기도 하셨을 것이다. 게다가 2학년 때까지는 그런 긴장이 남아 있어서인지 나는 학점 관리를 한 셈이다. 그 덕에 현대그룹 정주영 회장의 장학생이 되었고, 한참 시간이 지난 2004년 초겨울 개성공단 시제품 생산 기념식에 초대까지 받았다. 사실 졸업 무렵에는 3, 4학년 내내 패가망신하는 연애에 빠져 프랑스어 전공을 멀리한 나머지 학점이 반 토막이 났는데도 말이다. 어쨌거나 나는 정주영회장의 장학금 덕에 학교를 마칠 수 있었다. 제5공화국의 전두환 정부는 대학생들의 과외를 금지시켰기 때문에 장학금이 없었다면 꽤 어려움을 겪었을 것이다. 그래서 정 회장이 대선에 후보로 나왔을 때, 그를 찍어주고 싶을 지경이었다. 받았으면 갚아야 하는 게 아닌가? 하지만 다행인지 불행인지 나는 유학생 신분이었고, 당시만 해도 재외국민은 투표권이 없었다.

나는 이런 답을 했던 것 같다. 전에는 소설을 많이 읽었는데, 요즘은 시를 읽는다. 그게 꼭 시를 좋아해서라기보다는 들고 다니기가 편해서 그렇다. 고등학교 진학할 무렵 에밀리 브론테의 『폭풍의 언덕』을 읽었는데, 지금도 그 감흥이 생생하게 남아 있다. 소설로는 『인간 조건』의 앙드레 말로나 『인간의 대지』를 쓴 생텍쥐페리가 좋다. 최근에는 이인성의 소설이 특별한 독서 체험으로 남아 있다. 사르트르의 『구토』보다 좋았다.

선생은 대화 상대방에게 편하게 말하도록 하는 특별한 능력을 가진 사람으로 잘 알려져 있다. 백번 동의한다. 지금도 그렇지만 그때도 낯을 꽤 가리는 편이었는데도 나는 선생 앞에서 입이 술술 열렸다. 그래서 이런 얘기도 했던 것 같다. 객관적으로 좋다는 글보다는 나에게 뭔가 울림을 준 글을 좋아한다. 그래서인지 김수영 같은 시인이 왜 높은 평가를 받는지 잘 모르겠다. 시가 지나치게 거칠다. 실은 선생의 책을 거의 읽었다. 주관적인 글쓰기 스타일이 다른 평론가들의 것과 달라서 좋아하게 되었다. 그런데 선생의 해설을 읽고서도 김수영의 시가 좋은지는 잘 확신이 서지 않는다. 등등…….

지금 와서 생각하면, 시건방지기 짝이 없는 소리지만, 그때 나는 스물을 갓 넘긴, 젊다 못해 어려서 치기만만해도 용서가 될 나이였다. 선생은 껄껄껄 하는 특유의 환한 웃음을 지으며 이렇게 답했다. 김수영은 나름 재미있는 구석이 있는 사람이다. 네게 별 감흥이 없다면, 그것은 아직 서로 만날 때가 안 된 것이다. 나이가 좀 더 들면, 알 수도 있지 않을까?[18] 그때, 어렴풋이 알았다. 다른 예술이 그러하듯, 문학에도 정답은 없다는 것, 비평이란 점수 매기기가 아니라 '정신과 정신의 만남'이며, 만난 느낌을 남과 나누기 위해 애쓰는 움직임이라는 것을 말이다.

어쨌든 그날은 30년 가까이 흐른 지금도 생생한 기억으로 남아 있다. 40대 중반의 선생은 지금의 나보다 훨씬 젊은 나이였지만 지금 생각해봐도 성숙하고 안정되었으며 무엇보다 다감한 사람이었다. 그렇지 않았다면 하찮은 학부생이 뭐라고 그렇게 시간을 내주었을까? 그때는 내가 정말 글을 잘 쓴 줄로만 알았다. 하지만 뒤에 내가 교단에 서보니 확실히 알게 되었다. 그게 질풍노도의 방황을 하고 있는 불완전

18 선생의 예언은 거의 10년이 흐른 뒤에 현실화된다. 파리 유학 중의 어느 날, 술에 취해 집에 들어갔는데, 잠이 오지 않을 것 같았다. 그래서 잠을 청하는 일에 도움이 될 요량으로 이 책 저 책 뒤적이다가, 먼저 귀국한 유학생이 두고 간 책 꾸러미에서 김수영 전집을 발견하였다. 몇 개 읽어보다 그냥 내처 다 읽다시피 했다. 나름 재미있었다. 하지만 나는 지금도 김수영의 시보다는 그의 산문을 더 좋아한다. 식민지 시대 이상(李箱)의 시보다는 소설을, 소설보다는 압도적으로 그의 산문을 좋아하듯이!

한 청춘에 대한 공감과 연민이었다는 것을! 선생은 그러고도 남을 사람이었다. 가계(家系)의 질병 때문에 마시면 안 되는 술도 그래서 마셨고, 결국 일찍 세상을 떴다. 소설가 복거일은 그것을 '쓰린 술'이라고 했다. 선생의 나이 불과 마흔여덟이었다.

그날 연구실을 나오기 전 선생은 내게 두 가지를 말했다. 첫째, "너의 글을 보아하니 앞으로 어떤 삶을 살든 평생 글을 떠나기 어려울 것이다.[19] 무엇이든 좋으니 많이 읽고 써라!" 둘째, "학생으로 있는 한 한 달에 한 번 이상은 내 연구실에 꼭 들러라!" 앞의 말에는, 아직 미정인 내 삶을 너무 단정 짓는 것 같아 미묘한 거부감을, 뒤의 말에 대해서는 꽤 부담감을 느꼈다. 하지만 그 모든 감정을 넘어 표현할 수 없는 엄청난 기쁨이 나를 감쌌다고 말해야 옳을 것이다. 선생이 나를 알아주었다. 김현이 내 이름을 기억해준 것이다![20] 나

---

19  나는 한 해 전인 1986년 학회지에 황지우의 시집 『나는 너다』에 관한 짧은 서평을 썼는데, 텍스트 중독인 선생은 그 허접한 글을 읽고서 그때 이미 나를 기억하고 있었다고 했다.

20  지난 해 최고 흥행을 기록한 영화 〈명량〉에서 내게 가장 인상적인 장면도 이런 부분이었다. 한 소년이 이순신 장군을 찾아온다. 소년의 애비는 장군의 휘하에서 용감하게 싸운 군인이었다. 원균이 지휘한 전투에서 애비가 허망하게 죽은 뒤 소년은 산야를 떠돌다 우연히 적진에 침투했다 죽어가던 아군에게서 중요한 첩보를 얻어 장군을 찾아온 것이다. 그러고는 비록 어린 나이지만 장군 밑에서 싸울 것을 청한다. 그때 이순신 장군이 이렇게

는 날아갈 것 같았다. 나는 다시 태어났으며, 선생은 내 정신의 기원이 되었다.[21]

---

21  프랑스어 connaître는 우리말로 '안다'는 뜻의 동사다. 이 단어는 성경에 처음 나오는데, 성모 마리아에게 대천사가 나타나 여호아의 아드님을 낳게 될 것이라고 하자, 마리아가 답하는 데에 등장한다. 마리아는 대천사에게 "제가 남자를 알지 못하나이다"라고 한다. 안다는 동사가 connaître이다. 이 말은 co + naître, 즉 영어로 하면 with + birth인데, '함께 태어난다'는 뜻을 갖고 있다. 우리는 정말 사랑하는 사람과 함께 새로 태어나는 것이다. (나는 이 단어의 의미를 불문과의 이환 교수님으로부터 배웠다.)

문학이란

'나는 너를 사랑한다'는 말의

가장 깊고 다양하며

섬세한 변주 양식이다.

# 따듯하게 타오르는 사랑의 말 Ⅱ

이것 또한 우연이었다. 선생이 돌아가시기 전에 나는 반 년가량 선생을 모시고 다니는 역할을 했다. 잘 알려져 있다시피 선생에게는 뛰어난 제자들이 많다. 권오룡, 이인성, 정명교(정과리) 등등…. 그런데 내게 한참 위인 그들은 이미 대학에 재직 중이었다. 젊은 교수인 그들은 학기 중에 각자 맡은 강의와 학교 일로 바빴다. 물론 대학원에 성실하고 똑똑한 지도학생들도 적지 않았다. 다만 문학을 하는 학생 제자로는 내가 유일했고, 나는 비평가 딱지를 붙이자마자 막 졸업을 하고는 잠시 생의 선택 앞에서 숨을 고르던, 요즘 말로 이십대 중반의 청년 백수였다. 없는 것은 돈과 '갈 곳'이었고, 너무 남아돌아 주체 못 하는 것이 시간이었다.

세상을 뜨기 전의 선생과 짧지만 둘 만의 시간을 함께 보낼 수 있었다는 것은 내 인생에 주어진 아주 드문 행운이었다. 하지만 나는 그 사이에 내가 가장 사랑하고 존경하는 한 육신의 쇠락과 소멸을 바로 눈앞에서 무방비로 지켜봐야 했다. 1990년 겨울부터 봄, 또 여름, 선생은 급격히 약해져서 지켜보는 사람을 고통스럽게 했다. 그러니 죽음으로 가는 과정이 내 뇌리에 알알이 새겨지던 그 시간들을 꼭 행운이라고만은 할 수 없다. 아니 차라리 안 볼 수 있었다면 더 나았을는지도 모른다. 나의 김현은 삶과 죽음 사이 아주 짧은 시간에 걸쳐 있는 풍경이 되었기 때문이다. 그래서인지 나는 오래도록 선생의 마지막 모습에 씌운 듯이 붙들려 지냈다. 지금도 그 시간들이 너무 생생해서 이따금 선생의 모습을 떠올리면, 마치 내가 20대 중반의 철모르는 청년으로, 아니 홀로 세상에 내던져진 고아로 돌아가는 것 같다.

그래서인지 지난번 발표한 글을 보고 주변의 한 분이 선생에 대한 글이 아니라 나에 대한 글 같다는 얘기를 했을 때, 내가 대신 답하고 싶은 말은 시인 폴 발레리의 이것이었다. "나 자신에 대해 과다하게 말하지 않으면서 말라르메에 대해 말하기는 어렵다." 스테판 말라르메를 사숙하다시피 하며 시적으로나 인간적으로 깊이 영향을 받은 폴 발레리가 스승의 죽음을 추모하며 남겼다는 말이다. 사실 발레리의 이 말을 읽고서야 선생에 대한 글을 쓸 용기를 갖게 되었다. 그 전에는 어떻게 써야 할지를 잘 알 수가 없었다. 특히 선생

김현   따뜻하게 타오르는 사랑의 말

의 죽음 뒤에 쏟아져 나온 그 많은 글들과 비슷한 이야기를 적을 수는 없었다. 다른 이야기를 적어야 하는데, 나만이 아는 그것을 어떻게 쓸 수 있을까?

그런데 문득 내가 선생에게 배운 가장 큰 지혜가 '사랑의 말, 말의 사랑'이라는 것에 생각이 가 닿았다. '공감의 비평'이란 부제를 붙일 만큼 그는 타자와의 관계를 중요하게 탐구한 사람이다. 공감이란 선생의 비평 방법론이자 삶의 윤리였다. 그가 정신분석학에 오래도록 관심을 쏟은 것도 그런 점에서 이해해야 한다. 에로스를 통해 대상 혹은 타자와 하나가 되는 것이야말로 존재의 본성이기 때문이다. 하지만 그 에로스가 심리적인 차원에만 머무는 것은 아니다. 선생은 프랑크푸르트 학파의 비판미학을 높이 평가했다. 그때의 비판은 공격과 거부만을 의미하지 않는다. 오히려 진정한 비판은 도달할 수 있는 최대한의 사랑의 진경을 보여주는 일이다. 그럴 수 있는데, 그러하지 못함이야말로 가장 아픈 비판이 아닐까? "상대가 무덤에서라도 울 소리는 하지 말아야 한다"고 적은 질 들뢰즈의 입장 역시 비판에 대한 같은 맥락에 있다. 나는 선생의 비평 언어가 그러한 사랑의 말이라고 생각한다.

사랑은 '나와 너'의 관계다. 너 없이는 성립할 수 없는, 아니 너에 의해 비로소 이루어지는 그 무엇이다. 『이방인』의

알베르 카뮈는, "우리가 사랑하는 대상에 대해 말할 때, 가장 좋은 방법은 조용히 말하는 것"이라고 했다. 맞다. 나를 통해 '너'가 드러나기 때문이다. 그래서 아주 예외적인 감정에 들 뜬 나머지 더 이상 감출 수가 없어 털어놓는 내 이야기가 나름의 존재 이유를 갖지 않을까? 단지 선생에 대해서라면, 정말 조용하게, 아주 조용하게 말할 수 있기를 나는 바란다.

나는 대학을 아홉 학기 다녔다. 한 학기 더 다닌 것인데, 기관지 질환과 그에 이은 교통사고로 학칙에 규정된 네 학기 휴학을 다 쓴 데다. 그 사이 학기가 막 엉켜서 어쩌다보니 그렇게 되었다.[22] 그 바람에 1989년 2월 졸업을 할 것이, 8월 코스모스 졸업으로 바뀌었다. 그 사이 나는 월간《현대문학》7월호에「푸르름의 세계, 그 이후―황지우론」을 발표하며 얼떨결에 비평가가 되었다. '얼떨결에'라고 이야기

---

22  요즘 학생들은 취업을 위해 일부러 그런다지만, 우리 때는 취직할 곳이 널려 있었다. 신생 민영방송국 SBS의 특채 원서가 여섯 장이나 굴러다녀서 조교 선배들이 방송국 갈 희망자 없느냐며 찾아다닐 정도였다. 그러니 나의 아홉 학기만의 졸업은 전혀 그럴 의사가 없었는데, 어쩌다보니 그렇게 되었다는 뜻이다. 물론 그래도 이유가 없지는 않지만, 그 이유는 아주 사적인 것이라 적지 않겠다. 당시 나는 안기부(지금의 국가정보원) 인사담당관으로부터 입사 권유 편지를 받았는데, 그건 우리에게 블랙 유머에 불과했다. 사실 나는 방송국에 가고 싶었다. 선생이 투병 중이 아니었다면, 추천서를 써달라고 했을 것이다. 그런데 아픈 선생에게 드라마 PD가 되고자 방송사에 취업하겠다는 말을 차마 꺼낼 수가 없었다. 갔다면 어땠을까? 모르겠다. 뜻대로 안 되니까, 그게 인생이다.

하는 이유는 투고를 염두에 두고 쓴 것이 아닌 데다, 투고 문예지 역시 내가 정한 것이 아니기 때문이다.

1988년 초겨울 졸업을 준비할 무렵에 작은 사달이 있었다. 나는 당연히 선생을 지도교수로 비평 관련 졸업논문을 쓸 계획이었다. 그래서 나름 생각하다가 『악의 꽃』의 시인 샤를 보들레르의 비평 세계를 다룬 글을 써보기로 했다. 그가 〈살롱전〉 미술비평으로 공식적인 글쟁이의 삶을 시작한 데다, 장르를 가리지 않고 적지 않은 비평문을 썼기 때문이다. 그래서 선생을 찾아가 말씀드렸더니, 난처한 표정으로 잠시 고민해보자고 하는 것이다. 당연히 받아들여질 일이라고 생각했던 나는 좀 당황했다. 아니나 다를까, 보들레르는 그래도 시인으로서의 위상이 워낙 강하니, 19세기 시 전공 교수님께 가는 게 좋겠다는 것이었다. 학부 지도교수야 특별한 의미를 갖지 않으니 그렇게 해도 괜찮다며[23] 사소한 일

---

23  당시만 해도 학부 학생으로서 나는 학과 사정을 전혀 몰랐다. 절친한 동료로 알았던 교수님들 사이에도 미묘한 갈등이 있었다는 것을 나중에야 알았다. 학과의 정체성을 두고 시작된 그 갈등이 꼭 나쁜 것이라고 생각하지는 않는다. 불문학과가 한국문학의 미래 자원을 기르는 곳인지, 프랑스 문학 연구자를 전문적으로 양성하는 곳인지는 맞고 틀리고의 문제가 아니기 때문이다. 선생이 돌아가시고 난 뒤에 우연히 조우한 한 교수님은 내게 대학원에 진학하려면, 한국문학에 관해 글을 쓰지 않겠다는 서약을 먼저 하라고 했다. 어려운 형편에 프랑스에 가서 공부하기로 마음먹는 계기 가운데 하나였다.

이라고 생각해서였는지, 아니면 새삼 주제를 바꾸어 지도교
수를 선생으로 고집하는 일이 난처해서 그랬는지 나는 그대
로 따르기로 했다.

그런 이유로 논문쓰기에 흥이 좀 깨졌던 모양이다. 졸업
논문은 이성복, 심재상 두 선배 시인의 석사논문을 짜깁기
해서 형식적으로 제출했다. 오래전 일이지만, 이제 와 고백
할 수 있어 다행이다. 그러고 나니 뒤가 개운치 않았다. 물론
프랑스 문학 텍스트를 원어로 읽어가며 독창적인 논문을 쓸
실력은 안 되었다. 그래도 자존심은 그게 아니었다. 잔뜩 구
겨진 그 기분을 털어낼 겸, 내가 쓸 수 있는 논문을 하나 적
어보자고 결심했다. 그러면 나름 대학생활의 깔끔한 마무리
가 될 수 있지 않을까 생각한 것이다.

그래서 당시로서는 한 학기 등록금을 훌쩍 뛰어넘는 거금
을 들여 워드 프로세서를 하나 샀다. 컴퓨터 때문에 금방 쓸
모없어진 그 기계를 배워가며 열흘 넘게 꼬박 하숙집에 틀
어박혀 생애 가장 뜨거운 몰입을 경험했다. 시간이 많지 않
아서, 전에 학과 학회지에 짧은 서평 비슷한 글을 적느라 시
집을 이미 다 읽은 황지우 시인을 다루기로 했다. 졸업논문
을 대신할 요량으로 앞부분은 그래도 열심히 따라 읽은 제
네바 학파의 주제비평 이론을 정리한 뒤, 그 이론을 적용해
서 분석한 비평문을 하나 완성한 것이다. 어쩌면 오기였을

것이다. 강원도 산골에서 멋모르고 올라와 공부도 제대로 못해보고 대학 밖으로 내팽개쳐지는 청춘을, 마감만큼은 내 뜻대로 하고 싶다는 오기 말이다. 다 쓴 글을 원고지에 옮겨 적은 뒤, 간단한 안부 인사 편지와 함께 선생의 반포 아파트로 원고를 보냈다. 지도교수를 맡아주시지 않은 것에 대한 약간의 항의 시위가 그 안에는 들어 있었던 것 같다. 1989년 1월 중순의 일이다.

얼마 지나지 않아 학과 사무실에서 하숙집으로 전화가 왔다. 선생이 연구실로 부르신다는 전갈이었다. 정해진 시간에 맞추어 학교로 가니 선생은 내가 보낸 그 봉투를 들고 계셨다. 앉자마자 꾸중을 들었다. 글은 잘난 척 하는 곳이 아니다. 특히 외국어 좀 안다고 빼기지 마라. 문학이론이 있고, 그 적용이 따로 있는 게 아니다. 텍스트 분석 자체에 그 이론이 녹아 나와야 한다. 그러니 다시 써라. 이론 따로, 분석 따로인 형식부터 하나로 고쳐서! 골자는 그것이었다.[24]

처음부터 불문학과 졸업논문을 대신할 요량으로 쓴 것이라 프랑스 비평이론과 한국문학 텍스트의 실제 분석을 나눈 것인데, 꾸중을 들으니 좀 억울하긴 했다. 하지만 난 선생의

---

24 누구보다 바쁜 사람이어서 그랬겠지만, 선생은 말을 돌리는 것을 싫어했다. 사적인 대화에서는 아주 유연하고 부드러웠지만, 일에 관해서는 짧고 명확하게 핵심을 정리하고 다시는 덧붙이지 않았다!

말에 대해서는 언제나 순명(順命)이었다! 아마 선생은 우쭐해하는 나의 젊은 치기를 다잡고, 분석을 통해 텍스트의 내재적 복합적 의미를 드러내는 것에 좀 더 주의를 기울이는 것이 좋은 비평 자세임을 알려주고자 일부러 그랬을 것이다. 어쨌든 다시 오기를 품고 글을 고쳤다. 그 과정에서 원고가 30매쯤 늘었다. 이론을 거둬내고 분석 속에 최소한의 인용만 남겼는데도 분량이 늘은 것을 보면 선생의 꾸중은 효과가 있었다. 이론에 따른 텍스트 재단이 아니라, 분석을 통해 그 이론이 드러나도록 하는 것! 나는 그 원칙을 배웠고, 지키고자 애썼으며, 지금도 마찬가지다.[25] 그렇게 고친 원고를 다시 우편으로 보냈다.

구정 인사를 겸해서 2월에 다시 연구실로 갔다. 이번에는 꾸중을 듣지 않았다. "지난 번 보다 나아졌더군! 읽을 만하

---

25  그래서인지 나는 지금도 외국 이론가를 인용하며, 그 이론에 기대는 것을 싫어한다. 내 언어로 녹여낼 수 없는 것이라면, 그건 제대로 이해를 못한 것이다. 특히 해당 외국어로 원서를 읽지 못하는 사람들이 장황하게 이론을 늘어놓은 것을 보면 안타깝다 못해 화가 난다. 그 번역을 어떻게 믿으며, 해당 이론이 발생한 문화사적 맥락(context)을 잘 모른 채 어떻게 그 이론을 이해할 수 있는지 잘 모르겠다. 한국문학 평론에 인용된 대부분의 자크 라캉이 그 예일 것이다. 프로이트 이후 프로이디즘의 다양한 갈래에 대한 이해와 함께 구조주의를 모르면, 라캉의 경우 곳곳이 개념의 지뢰다. 다른 한 예가 보들레르의 '댄디즘'이다. 이 개념은 19세기 부르주아 사회의 속물근성에 대한 저항으로서의 '미의 찬양'인데, 한 비평가에 의해 21세기 한국에 와서는 저항의 뇌관이 거세된, 정반대의 뜻을 가진 '여피(Yuppie)' 버전으로 오해되어 쓰인다.

다. 어디 발표할 수 있도록 알아보마." 원고와 관련해서는 딱 이 세 마디가 전부였다.[26] 그리고는 일상적 대화로 돌아 갔다. 그런데 마지막 말이 내 뇌리에 계속 남았다. 발표를 한 다면, 나는 이제 글쟁이가 되는 것인가? 완성된 비평문으로 는 처음 쓴 것이기 때문에 마음의 준비가 없었다. 게다가 그 글조차도 졸업논문을 제대로 쓰지 못한 것에 대한 한풀이며 오기였지, 투고를 목적으로 한 것이 아니었다. 그렇지만 생 은 뜻하지 않게 주어지는 것이기도 하다. 다가올 새로운 삶 이 부담스럽기도 했지만 나는 그 모든 것을 선생에게 맡기 기로 했다. 어쩌면 나의 무의식은 그것을 원하고 기다렸는 지도 모르겠다.

　내 글이 《현대문학》으로 가게 되었다는 것은 3월 초에 개 강 인사를 갔다가 들었다. 선생은 그동안의 진행 상황을 알

---

26　선생에게서는 내가 대신한 심부름에 대해 고맙다는 말은 여러 번 들었으 나, 글에 대한 직접적인 칭찬은 들은 바가 없다. 글쟁이가 되기 전에는 격 려하기 위해서라도 칭찬을 하셨겠지만, 내가 글쟁이가 된 뒤로는 달랐다. 하긴 돌아가시기까지 너무 짧은 기간이기도 했다. 내가 쓴 글과 관련해 딱 두어 번 좋은 소리를 들은 적이 있는데, 그것도 당신 주변 분들의 말을 전 달하는 형식을 빌어서였다. 등단 평론에 대해서는 "황지우를 만났는데, 자 네 글이 지금까지 나온 평론 중에서 자기 시의 흐름을 가장 잘 이해한 것 같다며 만나고 싶어 하더군. 좋은 사람이니 만나봐!"라거나, 기형도에 대 해 쓴 「집 없는 자의 길찾기」를 두고는 "문지 김병익 사장이 재미있게 읽 었다고 하데"라는 식이었다. 젊은 내가 우쭐할 것을 경계한 데서 나온 선 생의 교육적 배려가 아니었을까 생각한다.

려주었다. 이인성 선생을 통해 《문학과 사회》에 발표할 수 있을지를 알아봤다.[27] 그런데 《문학과 사회》 구성원이 너무 불문과 일색이어서 자칫 시작부터 오해를 살 수 있으니 모양새가 적당치 않다고 한다. 그 말에 일리가 있다. 그래서 다른 지면을 통해 발표하자. 대신 두 번째 글은 《문학과 사회》에 쓸 수 있도록 하겠다고 한다! 나는 아무런 이의를 달지 않았다. 오히려 놀랐다. 당신이 만들다시피 한 출판사에서의 원고 수록 여부에 대해서조차 제자들의 의견을 전적으로 존중하는 선생의 자세야말로 나에게는 진정한 품격이었기 때문이다. 《문학과 사회》 편집 책임을 맡고 있는 선배들을 존중하도록 일부러 그렇게 표현하신 것이라고 생각한다. 제자들의 나이 불과 30대 초중반에 불과했지만 말이다.

《현대문학》은 당시에는 조금 낡은 잡지여서 젊은 우리 세대에게는 특별한 관심의 대상이 아니었다. 그런데 어쨌든 나는 이 잡지와의 인연을 통해 문단에 나왔다. 내가 나올

---

27 외국어대학교에 재직하다 막 서울대로 옮긴 이인성 선생을 내 또래들은 거의 '형'이라고 불렀다. 내 동기인 대학원생들이 특히 그랬다. 그런데 선생은 처음부터 나에게 가서 인사를 하라면서 "너는 '이인성 선생'이라고 불러라" 못 박았다. 아마 그때 이미 당신의 건강 문제 때문에 혹시라도 무슨 일이 있을지에 대한 대비가 아니었을까. 그래서 처음부터 지금까지 이인성은 나에게는 뛰어난 글쟁이 선배이자 또 다른 선생이었다. 돌아가시기 전까지 곁에서 여러 번 확인한 사실인데, 이인성 선생을 정말 아꼈다.

때부터 신인 추천제도가 바뀐 것은 나중에 알았다. 그 문예지에는 문단 원로에 해당하는 추천위원들을 두고, 그분들이 이름을 내걸고 2회에 걸쳐 작품을 실어줘야 비로소 등단을 하는 오랜 제도가 있었다. 그보다 더 전에는 3회 추천이었다나…. 그런데 그 제도가 다른 문예지, 특히 계간지의 신인 추천 제도와 달라 바꿀 필요성이 있었다고 한다. 그래서 1989년부터는 두 사람의 추천위원이 동의하는 것을 전제로 한 번 추천으로 등단절차를 끝내기로 했고, 내가 그 첫 적용자가 된 것이다. 추천위원은 선생과 연세대 국문과의 신동욱 교수였다.

당시 주간이던 신 교수님은 뒤에 일본으로 갔다고 들었는데, 그 때문인지 등단 무렵을 빼고는 만난 적이 없다. 그저 이분이 낸 비평 이론서를 의무감에 한 번 읽은 적이 있다. 성실한 학자에 가까운 비평가로 기억한다. 그런데 이분 때문에 등단에 약간의 우여곡절이 있었다. 글을 투고하고 처음 사무실에서 만났을 때, 글을 재미있게 잘 읽었는데, 원고를 100매 이하로 줄여주면 좋겠다는 요청을 주간 신분으로 한 것이다. 아예 80매면 더 좋겠다는 말과 함께. 내 투고 원고는 황지우 시의 이미지 변주를 따라 전체 시세계의 흐름을 다룬, 150매가 넘는 긴 글이었다.

그 요청을 받고 선생께 여쭸더니, 공부 삼아 한번 줄여보라는 것이었다. "잘 줄이는 것도 공부다!" 그런데 아무리 노력해도 120매 아래로는 줄어들질 않았다. 난처해진 나는 선생에게 다시 이 정황을 알려드렸다. 그런데 난처한 내 표정이 좀 지나쳤던 것 같다. 선생이 크게 화를 내신 것이다. "네가 판단해서 더 이상 줄일 수 없다면, 그게 끝이다. 만약 분량 때문에 문제가 된다면, 그 잡지와 인연을 맺지 않으면 된다. 너는 나의 제자고, 내가 보낸 너의 글에는 내가 함께 있는 것이다. 어떤 상황에서든 너의 글에 대해서 당당해야 한다!" 표정의 단호함과 말투의 매섭기가 한겨울의 칼날 같았다.[28]

---

28  그전까지 나는 선생이 화를 내신 것을 딱 두 번 보았다. 선생의 성품을 드러내기엔 다른 한 예가 더 좋으나, 거기에는 제3자의 사적인 정보가 들어 있어 적지 않겠다. 나머지 하나는 이렇다. 1988년 봄, 4학년 1학기 강의는 귀스타브 랑송과 조르쥬 풀레의 글을 읽으며, 역사실증주의 학파와 신비평, 정확하게는 제네바 학파의 주제비평 이론을 비교하는 것이었다. 지금은 지방의 국립대학 교수로 있는 85학번 후배가 해석을 하는 날이었다. 어려운 부분이었다. 내가 봐도 아슬아슬하게 넘어가는 중이었다. 갑자기 선생이 해석을 중지시켰다. 그러고는 간신히 화를 참는 표정으로, 그래서 더 무서운 목소리로 멈췄다가 천천히 말했다. "공부를 하려면 좀 철저히 해야지, 그것밖에 안 되나요? '보뉘자주'를 세 번만 읽어보세요!" 그러고는 출석부를 들고 나갔다. 처음으로 보는 그런 모습에 다들 당황했다. 선생은 늘 미소 짓는 표정으로 따뜻하게 강의를 이끌어가는 분이었기 때문이다. 게다가 선생의 그 조선 청국장식 발음을 통해 나온 '보뉘자주'가 대체 뭔지 아무도 몰랐다. 우리들은 부리나케 학과 사무실로 달려갔다. 지금은 상명대 총장으로 있는 조교 선배가 책을 보여줬다. 아, 『Bon Usage』! 그건 엄청난 분량의 프랑스어 용례 사전이었다. 법전(法典) 같은 걸 세 번이나 읽으려면, 졸업은 고사하고 한 3년 고시공부 하는 심정으로 살아야만 할 것 같았다. 그때 내가 당황한 학생들을 대신해 이런 얘기를 했다. "당신이 워낙 잘해서, 공부 못하는 사람들의 심정을 모르는 거지!" 시간이 훌

잘 알려져 있다시피 선생은 아니마(anima)가 승한 부드러운 분이다. 연구실에 지극히 평범한 누군가 심부름을 오더라도, 그 사람이 시야에서 사라질 때까지 지켜보며 배웅을 할 정도다. 학교의 어린 사무직 보조직원들에게도 깍듯하게 대하는 그런 분이었다. 문학인 이전에 나는 인격적으로 선생을 존경하고 사랑했다. 그래서인지 선생이 무섭도록 화를 내는 상황은 꽤 당혹스러웠다. 그리고 그때 알았다. 이제 글쟁이로서의 나는 선생의 눈에서 자유로울 수 없다는 것을. 내 글과 처신이 곧 선생의 평판으로 연결될 수 있기 때문이다. 그 버릇이 남아 지금도 나는 어떤 원고를 쓰고는 선생의 눈을 떠올리며, 그러면 내 글을 어떻게 볼까 질문을 던지곤 한다. 늘 부끄럽다.

그래서였을까. 다시 원고 분량 수정 문제로 신동욱 주간을 찾아갔을 때, 내가 좀 세게 말했던 것 같다. "말씀하신 대로 노력은 해봤는데, 120매 아래로는 줄일 수가 없었습니다." 그 순간 이분의 얼굴 표정이 차갑게 굳어졌다. 하긴! 내게는 30여 년 연상의 대학 선배이기도 했다. 당신이 키운 제자들을 보더라도 나 정도는 대학원의 햇병아리 막내였을 것

---

러 내가 학생들과 부대끼게 되었을 때, 이 장면을 떠올리며 공부 못하는 축생들을 이해하고자 했다. 하지만 개구리 올챙이 적 시절 모른다고, 뜻대로는 잘 안 되었다.

이다. 그런 내가 정색을 하고 답을 했으니 왜 안 그랬을까? 게다가 아직 등단 여부조차 확정되지 않은 응모자일 뿐이었다! 하지만 난 김현의 제자였다. 물러설 수 없었다.

다행스럽게도 문제는 확대되지 않았다. "그렇다면 할 수 없지요." 그분은 고맙게도 바로 내 의사를 수용해주었다. 그러고는 어색한 분위기를 누그러뜨리려고 그랬는지 내게 시를 쓰지 않느냐 물었다. 누구나 그렇듯 청소년기에는 조금 썼지만 대학에 와서는 특별히 시를 쓰지는 않았다고 답했다. 그랬더니 내 문장이 시를 많이 쓴 사람의 글 같다고 했다. 그리고 앞으로는 시를 써도 좋을 것 같다며 축하의 악수를 먼저 건넸다. 좀 얼떨떨했다. 시를 많이 읽었고, 좋아하는 작품을 꽤 외우긴 했지만, 성인이 되어 시를 쓴 기억은 없었기 때문이다. 지금도 그의 건장한 체격하며 후덕한 얼굴의 미소를 떠올리면, 날 시인의 격으로 올려준 데에 감사의 인사를 올리지 않을 수 없다. 나는 그렇게 업으로서의 글쟁이가 되었다.

사실 처음부터 비평가가 될 생각을 했던 것은 아니다. 나는 지금도 누군가 문학을 한다면, 창작을 하라고 권한다. 시나 소설, 혹은 희곡을 읽고서 감동을 받은 기억은 많은데, 비평을 읽고서 가슴이 뛴 기억이라고는 선생의 글 말고는 별로 없기 때문이다. 물론 나는 유종호의 명료한 균형 감각을 좋아하고, 김우창의 사변을 높이 평가한다. 김윤식의 열정, 도정일의 교양과 윤리의식, 황현산의 단정한 전위성, 권오룡의 신중한 논리전개, 정과리의 지적 정밀함… 다 좋다! 하지만 그들의 글을 읽고 가슴이 뜨거워지지는 않는다. 그것은 내가 이지적이기보다는 직관적인 유형의 사람이기 때문일 것이다. 이렇게 표현하면 너무 좋게 말하는 게 아닐까 싶어 좀 바꿔보자. 나는 이성적으로 과도한 집중을 요구하는 글을 좋아하지 않는다. 오해 없길 바란다. 이건 내 취향의 표현일 뿐, 글에 대한 평가가 아니다. 어쨌거나 비평 계통의 글을 읽는 시간이면, 차라리 작품을 몇 개 읽는 게 낫다고 생각한다. 나는 게으른 몽상가이지 성실한 이론가가 아니다.

그래서 선생의 글 중에서도 르네 지라르와 미셸 푸코에 대한 말년의 저작은 꽤나 힘들게 따라 읽었다. 특히 『시칠리아의 암소』는 선생이 내게 서명을 해서 주신 유일한 책인데도 어떤 부분은 지금도 잘 이해했다고 자신하지 못 한다. 그것이 내 지적 능력의 모자람 때문인지, 아니면 푸코의 저작을 모두 읽지는 못한 내 불성실에서 온 것인지 잘 모르겠다. 양쪽 모두일 것 같다. 반면에 다른 글들, 특히 가스통 바슐라르와 제네바 학파를 다룬 글들은 거의 외우다시피 한다. 그것은 선생의 아니마(anima)가 그 대상인 정신과 생생하게 공감하며 드러나는 조화의 따뜻함 덕분이다. 반면에 선생이

지라르나 푸코를 다룰 때는 대상과 아니무스(animus)와의 팽팽한 긴장이 그 자리를 차지한다. 내 개인적인 소견으로는 부드럽고 풍요로운 앞의 글들이 좋다. 하지만 뒤의 글이 가진, 이 세계와의 빽빽한 대결이 없었다면 40대의 선생이 성취한 그 말의 깊이는 불가능했을 것이다.

저 엄혹한 1980년대에 사십대로 완숙한 선생의 글에는 두 가지 특징이 나타난다. 하나는, 사회학적 시각이 갈수록 두드러지는 것으로 산문을 다룰 때 많이 그러하다. 다른 하나는, 글이 짧아지며 시적 여운을 한껏 품는 것인데, 운문에 대한 글에서 압도적 매력을 발한다. 물론 그러한 특성을 이전과 다른 새것이라고만 말할 수는 없다. 하지만 1980년대 들어 그 두 가지 특성은 서로 섞이며 숙성되어 고유명사 그대로 '김현'이라고 하는 독보적 비평세계를 꽃피운다.『젊은 시인들의 상상세계』나『분석과 해석』그리고『말들의 풍경』속에 그 진경(珍景)이 알알이 박혀 있다.

갈수록 사회학자가 되어 가는 것 같다는 이야기는 당신 스스로 밝힌 사실인데, 내 생각에 여기에는 크게 세 가지 차원의 이유가 있다. 첫째, 1960-70년대 내내 이어진 참여문학, 혹은 민족민중문학과의 이론적 긴장 때문일 것이다. 선생은 좌담과 글을 통하여 '선험적 의미 규정'의 참여문학에 대한 거부감을 명백하게 드러냈다. 그에게 문학 텍스트의 가치는 '내재적 의미 발생'에 있다. 즉 작품의 가치란 외적으로 규정된 의미의 구현 정도에 따르는 것이 아니라, 말이라는 기호의 더미 속에서 스스로 생성되는 의미의 복합적 가능성에 따라 평가받아야 한다는 것이다. 왜냐하면 문학이란 외적 효용의 관점에서는 '쓸모없는 것'이어서, 오히려 '쓸모 있음'으로 여겨지는 다른 대상들의 진정한 가치를 묻는 질문자의 역할을 자유롭게 할 때에야 비로소 존재 이유를 갖기 때문이다. 의미 규정적 문학은 텍스트가 가진 복합적 의미 발생의 가능성을 윤리나 이념 등의 외적 도그마, 선생이 좋아한 롤랑 바르트의 용어로는 독사(doxa)로 가로막는다. 그의 『문학사회학』은 거기서 나왔다. '독사'라는 인식론적 장애물을 뛰어넘어 문학 언어의 사회적 의미를 어떻게 이해할 것인가? 지적 능력이 좀 모자란 사람이라면 이해하기 쉽지 않겠지만, 이런 질문이 내내 그를 따라다녔다.

둘째, 선생은 평론가이자 프랑스문학 연구자였다. 프랑스어를 통해 얻은 다른 사회의 존재 인식 자체가 우리 자신을 견주고 비춰볼 가늠자가 된다. 프랑스인이 모국어로 자신의 문학을 이해하는 것과, 한국인이 외국어로서 프랑스 문학을 이해하는 일은 차원이 다르다. 물론 그 자체로 깊이 있는 정확한 이해가 뒤따라야 하겠지만, 우리에게는 그것으로 끝나지 않으며 끝날 수도 없다. 우리의 사유, 감성, 윤리와 그것이 어떻게 다르며, 어디서 만나는지를 묻는 당연한 과정이 남아 있기 때문이다. 텍스트의 의미는 그 자체로 고정적인 것이 아니라, 맥락(context) 속에서 발생하는 것이다. 의미는 관계 속에 있다. 그러니 프랑스와 한국이라는 겹의 맥락을 비교하는 일은 숙명이며, 이러한 비교가 선생의 사회학적 시선을 깊게 만들었다고 볼 수 있다. 따라서 사르트르와 베케트, 발레리와 바슐라르, 프로이트와 프랑크푸르트학파, 지라르와 푸코 등등을 만나며 그들에 대한 분석과 해석을 통해 선생은 우리 자신의 모습을 들여다보는 다층적 시각을 갖게 되었다. 특히 4. 19 세대로서의 강한 자의식은 한국의 근대를 어떻게든 객관화시켜 이해해야 한다는 의무를 스스로에게 부여했을 것이다.

마지막으로, 그는 전라도를 고향으로 둔 사람이다. 진도에서 나서 목포에서 자란 선생은 비록 고교 시절 이후 서울서 생활하는 세련된 도시인이었지만 남도(南道) 사람으로서의 정체성을 버리지 않았다. 그것은 단순히 소치 허련 이후의 남종화(南宗畵)와 서편제 판소리 같은 남도 예술에 대한 관심과 애정에만 머무르지 않는다. 일생 이청준의 소설에 대한 애정과 존경을 간직했던 선생은 특히 1980년 '광주'를 겪으며 '폭력과 희생양'이라고 하는 르네 지라르, '권력과 비순응'이라는 미셸 푸코적 사유를 만난다.[29] 이러한 만남을 통해 그는 젊은 시절의 '광태와 위반'이라는 예술의 보편적 물음에다 이청준적 '용서와 화해'라는 우리의 개별적 주제를 승화시켜 접목시키고자 했다.[30] 선생은 단순한 외적 저항이 아닌, 아웃사이더로서의 정체성을 갖고서 한국 사회의 억압과 저항의 심층 구조, 그것을 태동시킨 사회심리학의 근원을 거슬러 올라가고자 했다고 나는 생각한다.

딱딱한 이야기가 길어졌다. 다시 철없는 나로 돌아가야겠다. 앞서 적은 적이 있지만, 선생은 대화 상대자로부터 이야기를 이끌어내는 탁월한 능력을 가진 사람이다. 주눅이 들었다가도 그와 몇 마디만 주고받으면, 한없이 주절거리는 자신을 발견했노라는 사람들을 여럿 보았다. 나 역시 그 가

---

29  나는 푸코의 권력 담론과 관련하여 저항이란 용어가 내키지 않는다. 한국의 지성사적 맥락에서 저항이란 단어가 갖는 의미가 지나치게 편향적이기 때문이다. 오히려 '숙고된 비순응(indocilité bien réflechie)'이란 용어야말로 푸코의 미시권력 담론과 짝을 이루는 것이라 생각한다.

30  '제3세대 한국문학'이라는 전집 기획에 참여하면서 총서를 소개하는 글에서 선생은 단 한 권의 책을 골라야 한다면 소설이라는 말을 적었다. 나는 어느 날 그의 연구실에서, 그러면 당신은 누구의 소설을 가져가시겠냐고 물은 적이 있다. 선생은 지체 없이 이청준이라고 답했다. 역으로 내게도 물어오셨는데, 나는 우물쭈물하며 답을 제대로 못한 것 같다. 지금 다시 답하라면, 나는 누구를 뽑을까? 한국 소설에 관해서라면, 이청준을 제하고는 아직도 잘 모르겠다.

운데 하나다. 그의 미소, 느릿하면서 부드러운 목소리, 호기심 가득한 눈빛, 때때로 터져나오는 소년 같은 웃음…. 무엇보다 대화 상대를 존중하는 그의 태도 덕분일 것이다. 거기에 힘입어 나도 어느 날인가 두서없이 지껄인 끝에 선생에게 이런 물음을 던진 적이 있다. "전라도 출신의 시인 소설가가 특히 많은 이유가 뭔가요?" 선생이 답했다. "자연이 좋지!" 나는 다시 물었다. "에이, 자연이라면 제 고향 강원도가 더 좋은데요?" 그때 선생이 빙그레 웃으며 말했다. "거긴 너무 맑지." 그렇다! 강원도의 자연에는 갈등의 사회학이 상대적으로 누락되어 있다. 자연의 서정은 넘치나, 세계라는 삶의 서사와의 균형이 부족한 것이다. 최승호 같은 예외적 사건이 없는 것은 아니지만 꼽아보니 강원도의 서정시인들은 너무 맑거나 고왔다. 그때 나는 속으로, 나 역시 좋은 시인은 되기 어렵겠구나 하는 생각을 했다. 이유는 모르겠다. 재주 없음을 탓하는 대신, 고향의 역사와 자연에다 내 언어의 미숙함을 떠넘긴 것일까?

그렇다고 내가 특별히 비평을 위한 이론 공부를 한 것도 아니다. 전공인 프랑스 문학은 앞서도 적었지만 프랑스어 독해 연습에 가까운 것이었다. 텍스트의 분석과 해석은 나중 일이었다. 그래도 다행인 점은 언어 자체가 낯설고 해독 능력이 상대적으로 보잘것없었기 때문에 꼼꼼하게 읽어야만 했고, 그 과정에서 언어를 기호로 대상화시켜 보는 습관이 몸에 밴 것이다.[31] 모국어는 그런 점에서 지나치게 '자동적'이다. 모국어 문학 수업으로는 언어가 사물이며, 언어라는 자의적 기호가 관계 맺기에 따라 그 의미가 달라지는 유동적 풍경임을 인식하기가 쉽지 않다.[32] 그런 점에서 내가

---

31  내가 문학 텍스트에 대한 지나치게 과학적인 언어학적 분석의 독서를 좋아하지 않으면서도, 롤랑 바르트의 기호학에 대한 관심만큼은 늘 잃지 않은 이유이기도 하다.

32  유럽 대학의 경우, 그런 한계를 극복하기 위해서 비교문학이나 외국어 수업을 많이 강조한다. 유학 시절 만난 독일 친구 엘크 블룸은 프라이부르크 대학 교육학 석사 과정 학생이었는데, 파리4대학에서 1년 동안 강의를 듣고 학점을 땄다. 학위 취득을 위해서는 필수 요소였기 때문이다. 유럽연합의 경우, 이런 학생들을 지원하는 에라스무스(Erasmus) 프로그램을 운영한다. 유럽연합 국가들 사이의 교환학생 지원 프로그램이다. 프랑스의 경우, 인문계 명문인 고등사범학교(ENS)의 경우, 졸업생에게는 해외유학 기회를 준다. 아니 거의 의무에 가깝다. 무상 지원이기 때문이다. 그래서 사르트르는 독일에서 후설 현상학을, 푸코는 스웨덴 웁살라 대학에서 역사를 공부했다. 재학 중 외국어 강의는 당연한 것이다. 부조리 문학의 사뮈엘 베케트는 고등사범학교에서 영어 교수로, 유대계 독일 시인 파울 첼란은 독일어 교수로 재직했다. 그런데 기이하게도 불과 1백 년의 빈한한 역사를 가진 한국문학은 갈수록 외국어와 담을 쌓고 있다. 국학 연구자일수록 외국어는 더욱 필요한 게 아닐까? 저 말썽 많은 국사학이 일본이나 중국의 사료를 모르고 어떻게 성립할 수 있는지 난 이해할 수 없다. 임진왜란은 우리에게는 그냥 재난일지 모르나, 동아시아 3국의 패권 전쟁이자, 문명사적으로는 동아시아와 유럽이 경제적 이해관계로 이어진 '도자기 전쟁'이 아닌가? 그나마 여기까지 온 것도 최근의 일이다. 그러니 국사학계에선 꼴통 애비와 극성스런 마누라 사이에서 이리저리 치인 천하에 무능한 고종조차도 개혁군주라는 소리가 태연히 나온다. 3류 시인의 작품도 읽다 보면 나름 귀여운 구석이 있는 법이다.

받은 거의 유일한 문학 수업이란 4학년에 와서야 선생을 통해 입문한 프랑스 비평 방법론 정도다. 그런데 이렇게 말하고 나니, 혼자 잘났다고 젠체하는 재수 없는 독학자로 오해받을 것 같다.[33] 사실은 전혀 아니다. 나도 모르는 새 전문적인 개인 과외를 받았다고 말해야 옳기 때문이다.

대학교 3학년 1학기 박완서의 『나목』 리포트 사건 이후로 나는 강의실 말고도 연구실에서 거의 정기적으로 선생을 만나는 드문 행복을 누렸다. 틈틈이 들를 것, 적어도 한 달에 한 번 이상은 꼭 찾아올 것! 선생이 내게 준 통행증이었다. 물론 20대 초반의 젊은 학생이 교수의 연구실에 간다는 것은 우리 세대의 감각으론 등에 식은 땀 나도록 불편한 일이다. 나 또한 그러했다. 선생의 연구실 계단을 오르다가 돌아온 적도 여러 번 있다. 그래서 달을 넘기기도 했는데, 그럴

---

33 파블로 피카소는 아버지가 미술 학교의 교사였으며, 본인은 바르셀로나 미술학교에서 공부했다는 이력을 한사코 감췄다. 자신을 하늘에서 떨어진 천재로 포장하고 싶어서였다. 실제로 그는 자신을 그리스 신화의 제왕 제우스로 존재 이입한 작품을 적지 않게 남겼다. 피카소의 경우, 재능은 분명 천재적이었으나, 인간은 개차반이다. 나는 파리의 피카소 미술관부터 시작해서 유럽 전역의 피카소 작품을 거의 보았다. 천재다. 하지만 작품의 성숙과 인간적 미성숙이 모순을 이룰 수 있다는 것 역시 받아들이기 쉽지 않지만 사실이다. 천재의 작품은 감탄스럽지만 감동이 일지는 않는다. 그래서인지 피카소의 친구 조각가 자코메티가 이런 말을 남겼다. 피카소가 예술가인 줄 알았는데, 그냥 천재일 뿐이더군! 우리의 문학예술계에도 그 모순의 예는 많다.

때면 어김없이 학과 조교나 선배 등을 통해 연구실에 들르라는 말을 전해 듣곤 했다. 하지만 다른 한편으로는 그 만남에 설렘과 기대가 있었던 것이 사실이다. 낯가림이 심한 나조차도 선생은 무장해제를 시키는 사람이었기 때문이다. 그래서 연구실을 나올 때면, 늘 아쉬움과 미진함을 느끼곤 했다.

선생의 연구실에서 우리가 나눈 대화란 지난 한 달 내가 읽은 책이나 본 영화, 그 외의 일상적 사건에 대한 이야기가 대부분이었다. 어느 날인가는 새로 시작한 연애 이야기를 잔뜩 늘어놓기도 했다. 그런데 그것도 한두 번이지, 나는 선생의 물음에 답을 하기 위해서라도 무엇인가를 읽고 보아야 했다. 그러면 선생은 내가 선택한 텍스트를 어떻게 이해했는지 묻고, 거기에 대한 당신의 생각은 어떠한지를 밝히며 대화를 이어나갔다. 때로는 당신이 최근에 경험하고 느낀 것 등을 덧붙이기도 했다. 나는 거기서 미국 여배우 킴 베싱어의 생물학적 완성도를 확인하기 위해 눈요기로 본 영화 〈나인 앤 하프 위크〉가 프로이트의 정신분석을 통해 어떻게 이해될 수 있는지 들었고, 서정성에 지나치게 함몰되어 있는 한국 현대시와 우리의 감상적 정서의 문제점이 무엇인지 생각해보게 되었으며, 문학이 삶에 대한 해답이 아니라 삶의 의미 자체에 대한 끝없는 물음이라는 걸 조금씩 알아나가기 시작했다. 그것뿐이랴! 선생은 무엇보다 산골 촌놈인

나로 하여금 방어적 자의식의 남루한 갑옷을 벗고 문화적 소양을 폭넓게 쌓으며, 그 문화의 의미에 대해 스스로 질문을 던질 수 있게끔 이끌어주었다.[34]

당시에는 그 만남의 의미를 잘 몰랐다. 마치 간간이 조명이 비추는 어두운 터널을 지나는 것처럼 나는 선생의 빛에 힘입어, 청춘의 어두운 터널에서 멈추거나 돌아나가려는 생각을 하지 않고 더듬어 앞으로 나갔을 뿐이다. 하지만 그렇다고 어둠이 사라진 것은 아니었다. '살아남은 자의 슬픔'을

---

34 선생은 어린 시절 목포로 내려온 피난민 노점상에서 책을 사 읽었다고 회고하고 있는데, 나는 학교 도서관 말고는 전혀 책이 없는 환경에서 자랐다. 클래식 음악은 대학에 와서 처음 들었고, 서양음악으론 팝송을 조금 들은 것이 전부다. 고2 때, 레드 제플린과 킹 크림슨을 듣고 충격을 느꼈는데, 그 록 음악을 알려준 것은 고교 동창으로 나보다 더 산골 출신인 시인 전윤호 군이다. 반면에 트로트는 모르는 것이 없을 정도였다. 서울에 와서 내가 얼마나 문화적으로 무지한 환경에서 자랐는지를 깨달으며 상당한 적응 장애를 겪었다. 대학 재학 내내 음악 감상실에서 클래식을 들었지만, 지금도 어느 작곡가의 것인지 잘 구별할 줄 모른다. 그런 귀를 갖지 못한 것이다. 나중에 김승옥의 「산문시대 이야기」에서 나보다 20년도 더 전에 김승옥이 그런 문화 충격을 느꼈다는 고백을 읽었다. 23년 후배인 내가 똑같은 걸 느끼다니! 기가 막혔다. 내 문화적 소양이란 고교 1학년 때까지 대학 본고사를 준비하던 관계로 읽은 출판사를 기억할 수 없는 '한국단편문학전집'과 '세계문학전집'이 다였다. 그래서 교양 있어 보이는 세련된 친구들을 만나면 시니컬해지곤 했는데, 선생처럼 입시를 거쳐 명문고를 나왔다는 사람들을 볼 때도 그런 기분이었다. 나처럼 평준화 시절, 가장 인기 없는 학교를 배정받아 다닌 사람의 눈에 그들의 엘리트주의는 꽤 고깝게 보였다. 하지만 대학 울타리 밖에서는 나도 누군가에게 그렇게 보일 수 있다는 걸 알았기 때문에 자의식을 지우고자 애썼다. 내가 경험한 바로는 선생이야말로 그런 엘리티즘이 가장 덜 드러나는 사람이었다.

넘어 '살아 있음이 죄'가 되던 80년대였다. 그래서 지나고 보니 그때는 선생과의 그 만남을, 나는 그저 현재를 잊기 위한 '도취'의 시간으로만 알고 지낸 면도 없지 않은 것 같다. 서울생활에 적응 못한 시골뜨기가 선망하던 대화 상대를 만난 것에 취해 있었을 뿐, 세상은 여전히 어지러웠고, 그걸 잊을 수만 있다면 아무래도 좋았다. 문학이 그렇게 매혹적인 것도 아니었다.[35] 단지 더 간절하게 하고 싶은 다른 일이 없었다. 그래서 더욱 마약처럼 취하는 시간이었다.[36] 깨고 나

---

35  지금도 나는 '문학, 목매달고 죽어도 좋을 나무' 따위의 유치한 문구를 보면 닭살이 돋는다. 독립 운동이면 모를까, 문학 따위에 왜 목숨을 거나? 행복하게 살고 싶다는 사소하고 내밀한 사랑의 말이 문학이다.

36  나는 1986년에 '프랑스 현대시 입문' 강의를 들었는데, 그 가운데 가장 인상적인 작품이 샤를 보들레르의 「취하시오(Enivrez-vous)!」였다. 한 부분을 우리말로 옮겨 적어보겠다. "지금은 취할 시간! 당신이 시간에게 학대받는 노예가 되지 않으려면 취하라! 취하라! 쉬지 말고 취하라! 술로, 시로 또는 도덕으로, 당신의 취향에 따라." 이 도취의 '인공낙원'이야말로 존재와 삶의 궁극이 아닐까? 지금에 와서 털어놓는 여담이지만, 나는 네덜란드 암스테르담에서 대마초와 아편을 경험한 적이 있다. 그 도시는 커피숍에서 자연성분 마약을 팔며, 실내에서 흡입하는 것은 허용한다. 효과는 환상적이었다. 온몸의 무게가 다 사라지고, 하늘을 날 것 같은 가벼움이 나를 감쌌다. 그걸 가지고 돌아와서 센 강변에 나가 피우곤 했다. 그런데 그 기분이 상상 이상으로 너무 좋아서, 그 뒤로 다시는 시도하지 않았다. 빠져들 것 같았기 때문이다. 그리고 왠지 그런 행복은 불완전한 인간의 몫이 아니라고 생각했다. 내가 이 세상을 위해 무슨 일을 했다고 그렇게 행복해도 되나? 지금도 나는 그렇게 생각한다. 약으로 말고 내 몸과 정신으로 얻은 행복이 아니면 가짜다. 그래서인지 30대 이후로는 술과 마약 같은 '블랙 매직'에는 큰 관심이 없다. 1991년 보르도 대학에서 공부하면서부터 와

면 나는 도피하듯 연애를 했고[37], 술에 취한 것이 창피해서
또 술을 마셨으며[38], 무엇인가 미친 듯이 찾아다녔던 질풍노
도의 시간이었다.

선생과의 그 만남이 얼마나 중요한 의미를 가진 시간이었
는지는 한참 뒤, 내가 어느 순간 터널 밖의 새로운 세상 속으

---

인을 배워 꽤 알고 즐겨 마시지만 반드시 어울리는 음식과 함께 반주로만
마신다. 어쨌든 그때 암스테르담에서 불법으로 구입한 아편은 지금도 파
리에 남아 있는 친구에게 주었다. 그 친구는 지독한 환각 때문에 죽을 공
포를 느꼈다고 했다. 왜 나에겐 '해피 드러그'였던 것이, 그에겐 아니었을
까? 똑 같은 것을 두고도 사람은 이렇게 반응이 다르다. ('도취'에 대해 관
심이 더 있다면, 졸저『관계의 시학』에서 「도취의 시학」을 읽어주길!)

37  선생은 내 연애 이야기를 늘 즐겁게 공감해주었다. 여자 친구를 데리고 같
    이 오라고도 해서 사귀던 여자에게 선생의 말을 전했더니 기겁을 했다.

38  이 비유는 생텍쥐페리의『어린 왕자』에 나오는 이야기다. 그런데 이것보다
    는 하승남이라는 당시 유행하던 무협 만화가의 작품에 더 근사한 이유가
    담겨 있었다. 사랑하는 여자를 두고 질투에 사로잡힌 친구와 결투를 하게
    된 무림 고수가 있었다. 그는 장난스럽게 놀듯이 넘어가려 했지만 상대 친
    구는 이기고자 전력을 다한다. 일생에 단 한 번이라도 이기고 싶었던, 열
    등감과 질투심에 붙들린 친구는 너무 간절한 나머지 살기(殺氣) 섞인 공
    격을 펼치고 그것을 받아내던 무림고수도 놀란 탓에 실수로 친구를 죽이
    게 된다. 그때에서야 친구는 불편한 마음을 다 떨쳐버리고 자신의 열등감
    을 고백하며 기쁘게 죽는다. 하지만 살아남은 절대고수는 친구를 죽음으
    로 몰고 간 자신을 용서하지 못한다. 그는 무림수련을 팽개치고 술독에 빠
    져 지낸다. 그가 말한다. "취했을 때는 세상과 내가 하나인데, 깨어나면 세
    상이 나와는 저 멀리 떨어져 있구나!" 청소년기에 나는 문학적 인간이 전
    혀 아니었기 때문에 오히려 와룡생의 무협지와 만화방의 온갖 만화에서
    적지 않은 것을 배웠다. 읽어서 나쁜 것은 없다. 포르노 소설조차도 그렇
    다. 그것을 새기는 자에게 달린 문제이기 때문이다.

로 나온 다음에야 알았다. 그것은 '함께 있음'의, 선생이 젊은 날 가장 감명 깊게 읽었다고 고백한 마르틴 부버의 『나와 너』의 윤리이자 미학이었다! 나는 마치 연애편지 쓰듯 선생 앞에서 읽은 걸 조잘거리며 말을 배웠으며, 내 일상을 객관화하여 표현하는 과정에서 나를 돌아보았고, 일상을 사는 것 자체가 하나의 텍스트로서, 허무주의가 선동하듯 이유 없이 내동댕이쳐진 세상에서의 무의미한 소진(消盡)이 아니라, 그것의 의미에 대해 끊임없이 질문을 던지고 생각하는 과정 자체라는 것을 인식하게 된 것이다. 그것도 아무런 억압이나 강요 없이, 그냥 무심한 듯 자연스럽게 주고받는 대화를 통해서.

하지만 자연스럽다고 해서 그게 쉬운 일이었을까? 전혀 아닐 것이다. 나는 그 자연스런 일의 어려움을 내가 가르치는 입장에 서 보고야 절감했다. 선생의 자리에서 자식뻘의 학생을 앞에 두고 자연스럽게 대화를 나누는 일 자체가 얼마나 커다란 애정이며 인내였는지를 말이다. 가르치는 자가 되어 나 역시 몇몇 학생들에게 선생의 그 애정을 흉내내보고 싶었지만, 여간 힘들고 번거로운 일이 아니었다. 눈높이를 낮추어 축생(畜生)의 눈으로, 그들의 언어로 이야기를 하는 일은 교감 차원에서는 즐거움이기도 하지만, 다른 한편으로는 고문에 가깝다. 그런데 나는 그 배려를 받았다. 비유하자면, 선생과의 그 '발견술적 대화'를 통해 나는 한 마리 축생에서 사람으로 조금씩 존재 이전했고, 무엇보다 행복이 주어지는 것이 아니라 매 순간 결핍과 고통과 싸워가며 스스로 만들어가는 것임을, 결국 삶이란 의미 없음과의 싸움이며, 문학은 그 의미를 복합적으로 묻는 '열린 형식'이란 것을 간신히 알만큼 성숙할 수 있었다.[39] 불행하게도 선생이 세상을 뜬 지 한참 뒤였다.

그런데 1989년 내 등단 무렵 선생의 건강에 이미 중대한 이상신호가 오고 있었다. 간 계통 질환의 집안 내력과, 젊어서 문학과 더불어 마신 그 디오니소스적 축제의 술 때문이었다. 불길한 예감이 점점 현실화되는 그런 느낌이었다. 아주 큰 키는 아니었지만 풍채가 좋던 그의 육신은 보기 좋게(?) 날씬한 쪽으로 바뀌고 있어서, 한쪽에서는 선생이 건강을 회복하고 있다고 말하기도 했다. 하지만 흉흉한 이야기가 더 많이 들려왔다. 예전과 같은 술자리의 신화는 이제 끝났으며, 행여 그런 상황이 오더라도 술자리를 갖지 않도록 하라는 비공식적 경고가 암암리에 학생들에게도 전해졌다. 그런

---

39 여기서 내가 가장 사랑하는 한 문장을 적지 않을 수 없다. "인간은 자신이 불완전하다는 것을 알 때까지 성숙해야 한다." 루 게릭 병을 앓다가 얼마 전 우주로 영원히 새로운 여행을 떠난 천체물리학자 스티븐 호킹의 말이다. 이 문장을 읽을 때마다 선생이 떠올랐다.

　　　　　　　　　　　김현　따뜻하게 타오르는 사랑의 말

데도 나는 선생을 모시고 꼭 한번 술을 마시고 싶었다. 지금도 그 철없음에 가슴을 친다.

그러던 1989년 초여름, 내 평론이 실린 《현대문학》 7월호를 보여드리러 들떠서 연구실로 갔다. 선생은 그 자리에서 축하의 말과 함께 세 가지 당부를 했다. 하나는, 앞으로 글쓰기를 삶의 중심에 두라! 취미로서의 문학이 아니라, 생으로서의 문학을 하라는 뜻으로 받아들였다. 다른 하나는, 때로 문학하는 사람들로 크게 실망하는 순간이 오더라도 그것은 사람의 일이지, 문학의 문제가 아니다. 그러니 사람이나 자리가 싫거든 무조건 피해라. 문학을 피하지 말고! 글쟁이라고 다 좋은 사람은 아니며, 말을 다루니 그만큼 말도 많고 탈도 많다는 것으로 나는 알아들었다. 그리고 마지막으로, 학교든 문단이든 한 울타리에 있는 여자와는 성적인 문제로 엮이지 마라. 한국사회가 위선적이어서 성적(性的)인 문제로 허점을 드러내면, 글쟁이로서의 권위를 가질 수 없게끔 물어뜯는다! 예술인들이 분방하니 구설수 오르지 않게 처신에 조심하라는 말로 새겨들었다. 평소의 그답지 않게 '꼰대'스런 말씀이라 살짝 어색하기도 했지만, 그만큼 내가 선생의 눈에는 아직 철모르는 천둥벌거숭이로 비친 것이 아니었을까? 어쨌거나 문단을 짧지 않게 오가다 보니 그만큼 구체적인 원칙도 없었다. 선생의 그 당부가 송곳처럼 나를 찌르는 순간이 적지 않았다. 앞으로도 그럴 것이다.

드디어 그 순간이 왔다. 연구실을 나올 무렵, 마침 학기 말이라 종강을 한데다 등단을 축하할 겸 며칠 뒤에 술을 한 잔 사시겠다고 했다. 혼자 나오면 어려울 테니, 문학하는 친구 두엇 데리고 와도 좋겠다는 말과 함께. 나중에 생각하니, 당신이 잘 못 드시는 탓에 나 혼자 마시면 모양새가 좀 안 나니 함께 마실 편안한 친구와 함께 오라는 뜻이었다. 마침 학과에서 나보다 더 보들레르에 미쳐 있는, 순수하면서 명민한 후배가 하나 있어서 데리고 가기로 했다. 반포의 한 술집이었다.

그날 선생은 좀 늦었다. 문학과지성사에 다녀오는 길이라고 했다. 바로 전에 나온 기형도 시집『입 속의 검은 잎』으로 이야기가 시작되었다. 첫 시집이자 마지막 유고 시집의 해설이 선생의 것이었다. 살짝 흥분하신 모습이었다. 학교가 아닌, 문학의 자리여서 그런 모습을 드러낸 것인지도 모르겠다. 평소의 선생답지 않게 직설적인 화법으로 한 여성 소설가의 이름을 꺼내며, 대중작가에 불과한 재주 없는 여자가 순진한 청년 시인 하나를 파멸시켰다며 통탄을 하셨다. 그 말을 들으며 나는 선생이 기형도의 시적 재능을, 그의 인간적 품성을 정말 좋게 보았구나 하는 느낌을 받았다. 문학적 재능을 더 꽃피우지 못한 젊은 청년에 대한 안타까움 그 자체였다.

그래서였는지 그날 많이 드셨다. 나도 물론 덩달아 많이 받아 마셨다. 다음날 깨보니, 그 전날 술자리의 마지막이 잘 기억이 나지 않을 정도였다. 이상하게도 가슴이 철렁했다. 불길한 예감 같은 것이라고나 할까! 내가 큰 죄를 지었구나 싶은 심정이었다. 선생이 많이 아프시다는 이야기를 들었을 때도 가장 먼저 떠오른 게 바로 그 저녁의 술자리였다.[40] 단 한 번이라도 디오니소스 주신(酒神)인 선생과 함께 술자리의 그 흥거운 축제를 누리고 싶은 사람이 어디 한둘이었을까? 그들에게는 어쩌다 한 번의 선물이었겠지만, 선생에게는 매일 매일의 과제였을 것이다. 나 역시 그 '쓰린 술'의 무

---

40 소설가 복거일은 선생의 그런 모습을 두고 '쓰린 술'이라고 했다. 문학과 사람에 대한 애정 때문에, 마시지 않아야 할 술을 '알면서도' 마셨다는 것이다. 선생의 '팔봉 비평문학상' 수상 기념 술자리에서였다. 1990년 초여름 선생은 이미 수상식에 나올 수 없는 상태였다. 풍채 좋던 몸이 반쪽이 었다. 걱정 말고 다녀오라는 선생의 말씀에 사모님께 병실을 맡기고 나왔을 때였다. 소설가 박태순을 비롯 참여문학 계열의 비평가 두엇이 술자리의 취기를 빙자하여 선생의 문학을 깎아내리는 듯한 질투어린 발언을 하고 있었다. 그럴 거면 왜 그 자리에 나왔을까? 조금만 더 하면, 패고 싶은 심정이었다. 그걸 느꼈는지 복거일 선생이 내 팔을 잡으며 만류했다. 김현 선생이 쓰린 술을 많이 드셨다. 인격적으로 성숙되지 않은 문인들, 그들의 되지 않은 소리 다 들어주며 문학적 구심점 역할을 하느라 알면서도 드셨다. 그러니 참으로! 나는 그 순간 왜인지는 모르지만 내 의사에 반하는 '쓰린 술'은 절대로 마시지 않겠다고 결심했다. 문학에 순교하지 않겠다고 말이다. 그러니 나는 잘해야 B급 글쟁이인 것이다.

거운 짐을 선생께 던진 자였다.

그 여름 나는 선생이 미리 알려준 대로 『문학과 사회』로부터 기형도에 대한 평론 원고 청탁을 받았다. 원래는 정과리 선배의 몫이었는데, 내게 돌아온 것이었다.[41] 잘 쓰고 싶었다. 나에게는 첫 평론이나 마찬가지였다. 게다가 호랑이 밑에서 개가 나왔다는 소리를 들을 수는 없었다. 기형도 시를 천천히 손으로 베끼며 외웠다. 중요하다고 생각한 구절마다 주를 달았다. 시집이 다 망가져 새로 사야 할 정도로 읽고 또 외웠다. 다행스럽게도 평론의 첫 문장과 마지막 구절이 떠올랐다. 그리곤 내처 썼다.[42] 내 글쟁이 생에서 마감에 늦지 않은 유일한 원고였다.

물론 거기에는 혹시 원고를 미리 보셔야 하지 않을까 하는 생각도 있었다. 그래서 더위에 선생께 여줬다. 보내기 전에 보여드릴까요? 선생이 말했다. 왜? 그럴 필요 없다! 앞으로도 마찬가지다. 넌 이제 문인이다. 원고는 네가 직접 가서 전해라. 그러고는 문학과지성사 찾아가는 길을 전화로 자세

---

41  이 사실은 나중에 정 선배로부터 직접 들었다.

42  나는 지금도 첫 문장과 마지막 구절이 떠올라야 원고를 시작한다. 아니 그것 없이는 아예 시작을 못 한다. 물론 쓰다 보면 달라지기도 한다. 그런데도 글쓰기 습관이 달라지지 않는다. 그 문장들이 떠오르질 않아 원고 약속을 못 지킨 적도 많다. 더러운 습관이다.

히 일러주었다. 선생은 그런 사람이었다. 다시 언급하지만, 일에서는 냉정하리만큼 칼 같고, 사적으로는 섬세하고 다감한 사람 말이다.[43]

　여기서 요즘은 보기 쉽지 않은 일화를 하나 적어야겠다. 1989년 한국일보 문학상 수상자는 이인성이었다. 그 심사위원 가운데 선생이 계셨다. 심사과정에서 수상 후보자의 한 사람으로 제자의 이름이 오르자, 선생은 심사위원으로서 객관성을 유지할 수 없다는 것을 이유로 나머지 심사위원들에게 결정권을 양도했다. 얼마 전, 만해문학상 수장자로 지명된 김사인 시인이 상을 주최하는 창비 출판사의 비상임 편집위원으로 자신이 예심 추천에 관여했기에 "간곡한 사양으로써 상의 공정함과 위엄을 지키고, 제 작은 염치도 보전

43　선생이 돌아가신 다음 해인 1991년 봄, 지금은 작고한 오규원 시인을 만난 적이 있다. 그분의 제안으로 명동 맞은편에서 점심을 먹는 자리였다. 서울 예대가 남산에 있을 때였다. 말수가 적은 분이었다. 그 자리에서 띄엄띄엄 들은 얘기를 얼추 맞춰보니, 선생이 생전에 친구 분들에게 내 이야기를 몇 번 한 적이 있다는 것이다. 글을 곧잘 쓰는 제자를 하나 지켜보고 있다고. 그래서 오규원 시인은 먼저 간 친구에 대한 우정으로 강의를 맡기려고 했다고 한다. 대학원 졸업쯤은 했을 사람으로 생각했었기에. 그런데 알아보니, 이제 막 학부 졸업을 한 데다, 학생들 또래의 젊은 사람이었다는 것이다. 그래서 맡길 수가 없었다며 미안하다고 만든 자리였다. 오규원 시인은 그로부터 얼마 뒤에 시집 해설을 맡겨오셨는데, 마침 그때 지금은 영화감독으로 있는 시인 유하의 해설을 쓰기로 먼저 약속해서, 부득이 사양할 수밖에 없었다. 이 두 시집이 '문지 시인선'으로 같이 나와야 했기 때문이다. 본의 아니게 죄송했다.

하는 노릇을 삼고자 한다"고 밝혔을 때, 나는 그 장면이 떠올랐다. 문학은 어쩌면 소소한 것이다. 그렇기 때문에 문학은 돈과 권력을 지향하지 않는다. 문학이 가진 것이라고는 그 소소함으로 존재와 삶의 의미를 묻고 또 묻는 품격이다. '양아치'가 되지 않으려면, 그 품격을 지켜야 한다.[44] 작품의 표절 문제도 마찬가지다. 문제를 풀어나가는 언어와 방식이 문학으로서의 품격을 갖추어야 하는 것이다.

그 여름까지만 해도 한국일보문학상 자리에서 제자의 수상을 축하하던 선생이 가을이 되자 강의를 하기 어려운 상태가 되었다. 몸이 급격하게 나빠져 투병 생활에 들어가야 했기 때문이다. 나는 새로 시작한 글쟁이의 삶에 적응하고자 이런저런 자리에 따라다니랴, 뒤늦게 비평을 위한 이론적 토대를 갖추느라 고시 공부하듯 책 쌓아놓고 읽으랴 정신이 없었어서 그 사실을 잘 몰랐다. 대학원에 진학하고 싶은 마음은 있었지만 여러모로 준비가 모자랐어서, 취직 문제를 두고 상의도 드릴 겸 아프기 직전 찾아간 내게 선생의 말은 "아직 젊은데 책이나 읽으며 좀 놀지!"였다. 그다웠다. 그래서 정말 놀면서 책을 읽었다. 선생은 프랑크푸르트

---

44  영화 〈베테랑〉에서 형사 역의 황정민이 말한다. "우리가 돈이 없지, 가오가 없나?" 대중문화계의 딴따라도 이런 명대사를 만든다. 그런데 심사의 권력을 악용해 허튼 짓을 벌이는 반문학적인 행태를 수도 없이 보았다.

학파의 이론가들을 꼭 읽으라고 했다. 그 말을 따라 도서 목록을 만들고 하나씩 해치워나갔다. 헤르베르트 마르쿠제와 발터 벤야민은 쉽지는 않았지만, 매력적이었다. 다행스럽게도 프로이트는 미리 좀 읽은 터였다. 그들을 읽다 지치면, 빅토르 어얼리치의 『러시아 형식주의』를 뒤적였고, 또 마틴 제이의 『변증법적 상상력』을 읽다 지겨워지면, 유진 런의 『마르크시즘과 모더니즘』을 따라가는 번잡스런 독서였다.

그러다 정신이 들은 어느 날, 선생의 상태가 아주 좋지 않다는 소식을 들었다. 8년 가까운 학교 근처 생활을 정리하고, 학교에서 대각선으로 가장 멀리 떨어진 벽제에 아파트를 얻어 프리랜서 글쟁이로서의 사회생활을 막 시작했을 때였다. 알아보니 문병을 가는 일조차도 선생에게 큰 부담이 되니 병원 출입 자체를 삼가하라는 것이 공식 입장이었다. 그래도 달에 한 번은 찾아가던 나로서는 그 간극이 너무 벌어져 어찌해야 할는지 가늠이 서질 않았다. 예전처럼 선생에게서 호출이 올 때까지 기다려야 할 것인가? 그의 공식적 대변인 역할을 하는 이인성 선생과는 강의를 들은 인연이 없었어서인지 그런 문제를 묻기엔 좀 거리가 있었다. 한편에는 선생과의 공식적 창구를 독점한 듯 보이는 선배들에 대한 반감도 없지 않았다. 그래서 선생에게 편지를 썼다. 지금은 아쉽게도 그 내용이 전혀 기억이 나질 않는다. 아마도 선생이 없는 문학판에서의 막막함과 외로움이 아니었을까? 얼마 뒤에 짧은 답장을 받았다. 병실로 찾아오라는 것이었다.

왜 편지를 보냈을까? 그 창백한 병실에서 본 선생은 내가 알던 김현이 아니었다. 말을 꺼내기도 힘겨워하는, 마치 아우슈비츠의 생존자를 닮아가는 듯 파리하게 야윈, 병색이 완연한 중년의 육체, 초라한 뼈와 살이었다. 놀란 나머지 말이 나오지 않았다. 그 상황에서도 선생은 웃었다. 소년 같은 천진한 웃음! 그 끝에 선생은 사모님이 병실을 내내 지키느라 힘드니 때로 사모님을 대신해서 곁에 와 있으라고 했다. 상황을 봐서 사모님을 통해 미리 연락을 하시겠다고. 그날 만큼은 선생의 따뜻한 배웅도 없었다. 나가지 못하니 미안하다고 했다. 그 말을 하시지 말아야 했다. 병실을 나와 병원 정문을 향해 걷기 시작했다. 날은 차가웠다. 걷다가 눈물이 흘렀다. 그 넓은 병원 마당 한복판에서 스물다섯의 청년이 저도 모르게 눈물을 흘렸다. 구석 벤치에 앉아 속절없이 울었다.

김현   따뜻하게 타오르는 사랑의 말

나는 마치 연애편지 쓰듯 선생 앞에서 읽은 걸 조잘거리며 말을 배웠으며, 내 일상을 객관화하여 표현하는 과정에서 나를 돌아보았고, 일상을 사는 것 자체가 하나의 텍스트로서, 허무주의가 선동하듯 이유 없이 내동댕이쳐진 세상에서의 무의미한 소진(消盡)이 아니라, 그것의 의미에 대해 끊임없이 질문을 던지고 생각하는 과정 자체라는 것을 인식하게 된 것이다. 그것도 아무런 억압이나 강요 없이, 그냥 무심한 듯 자연스럽게 주고받는 대화를 통해서. ……

나는 그 배려를 받았다. 비유하자면, 선생과의 그 '발견술적 대화'를 통해 나는 한 마리 축생에서 사람으로 조금씩 존재 이전했고, 무엇보다 행복이 주어지는 것이 아니라 매 순간 결핍과 고통과 싸워가며 스스로 만들어가는 것임을, 결국 삶이란 의미 없음과의 싸움이며, 문학은 그 의미를 복합적으로 묻는 '열린 형식'이란 것을 간신히 알만큼 성숙할 수 있었다.

# 따듯하게 타오르는 사랑의 말 Ⅲ

내가 선생이 돌아가셨다는 소식을 전화로 받은 것은 1990년 여름이 시작되던 꽤 무더운 날이었다. 그때 나는 고향 춘천에 내려가 있었다. 정확하게는 강촌의 깊은 골짜기에서였다. 아버지가 공무원 생활을 마감하면서, 붉은 벽돌로 새로 지은 자그마한 전원주택이었다. 태어난 곳에서 내내 살다가 불과 반년 전에 이사한 곳이었다.

나는 그 집에서 1990년 새해를 맞이했다. 해가 바뀌는 일이 숫자 놀음에 불과하다고 생각해왔지만 그때만큼은 문득 내가 스물다섯이 되었고, 청춘이라는 레테의 강을 건너 이제는 돌아갈 수 없으며, 앞으로는 누구에게도 의존하지 않고 혼자서 살아가야 한다는 것을 절절하게 느꼈었다. 그 전 가을에 대학졸업이 있은 데다. 선생과의 영원한 이별을 예감한 탓이었던 것 같기도 하다. 사실 내 대학생활은 김현이란 이름을 빼면, 패가망신할 연애말곤 남는 게 없었다. 막 얻은 문학평론가라는 이름표로는 뭘 해야 할는지 아직 가늠도 잘 서질 않을 때였다. 마침 연초에 폭설이 내려 잣나무로 이루어진 침엽수 숲이 온통 하얀 눈을 이고 있었다. 숲에 눈이 내리면 세상이 고요해진다. 눈덩이 자체가 소리를 빨아들이는 방음재 역할을 하기 때문이다. 나는 그렇게 폭설이 내려 고요한 숲에 들어가 청춘과 작별하고 앞으로 살아야 할 삶을 예감하느라 한참을 머물렀다. 그러다 문득 소리를 지르면, 가지 끝에서 간신히 균형을 유지하던 눈덩이 몇이 우수수 쏟아지곤 했다.

그런 경험 때문이었는지 서울 생활을 정리할 계기가 생기자 나는 미련 없이 청춘의 남루한 보따리를 챙겨 고향으로 내려왔다. 사실 6년 반이나 다닌 학교생활에 질려서 수도권에서 대각선으로 반대인 구파발 지나, 시골이나 다름없는 벽제에 아파트를 하나 얻어, 버림받은 고양이를 키우며 살았다. 낯선 곳이었는지 자주 집에 들어가지 않게 되었다. 마음이 늘 어딘가 바깥을 떠도는 어수선한 삶이었다. 버림받은 새끼고양이를 키웠던 것도 집에 들어가야만 할 이유를 만들기 위해서였다. 1983년 대학에 입학하며 시작한 타향생활이었다. 선생이 건강하게 제자리에 계셨다면, 아마 그러지 않았을 것이다. 뭔가 생명의 한 축이 뚝 하고 부러져나갈 것 같은 아슬아슬한 느낌이었다. 그래서였을까? 난 미련 없이 귀향을 선택했고, 집에서 첫 여름을 맞고 있었다.

그나마 다행이었다. 선생이 돌아가셨단 소식을 듣게 된 순간, 내 육신의 아버지가 곁에 계셨던 것은![45] 이미 예감은 하고 있었지만, 막상 닥치니, 놀라고 암담한 나머지 넋이 나가 있는 나에게 아버지가 눈치를 채고는 부지런히 올라가라고 부추겼다. 그러면서 장례에는 의관을 갖춰서 가야 하는데, 지금 그럴만한 옷이 없으니, 검거나 흰 옷을 사 입고 가라며 지갑에서 돈을 꺼내주었다. 부의금까지 해서, 막 대학을 벗어난 청년에겐 적지 않은 액수였다. 나는 춘천 시내로 나가 LG패션 매장에서 하얀 여름 마 점퍼를 골라 입었다. 당시만 해도 180이 넘는 내 키에 맞는 기성복을 사기가 쉽지 않았다. 게다가 공교롭게도 나는 팔이 긴 탓에 그 매장에서는 맞는 여름 정장을 찾지 못했다. 그렇다고 다른 곳을 돌아다닐 마음의 여유도 없었다. 그나마 맞는 옷이 그 흰색 마 점퍼였다. 그 뒤로 다시 입지 않은 것을 보면, 내 나름으로는 아마 그 옷을 삼베 수의처럼 생각한 게 아니었을까 한다.

버스 타고 올라가던 내내 어떤 불행의 운명이 완성되는 것 같은 생각에 무서웠다. 가난한 말단 공무원의 아들로 나

---

45 그 소식을 전화로 알려준 사람은 소설가 박인홍 선배였다.

서, 내내 물질적 결핍에 시달리다. 대학이라곤 세 살 터울의 형이 처음으로 진학한. 그래서 정신적으로도 가진 게 없는, 단지 가난과 고통 속에서도 말없이 그것을 견디는 고결함을 알려준 어머니 말고는 어디 한 군데 기댈 데가 없는 내가. 선생 없이 남은 생을 어떻게 버틸 것인가? 나는 무섭고 또 무서웠다. 그는 내 정신의 아버지였다. 그러니 선생이 없는 세상에서 이제 누구에게 무엇을 배울 수 있을까? 서울로 가는 버스는 길고 지루한 운행 끝에 토해내듯 나를 상봉 터미널에 내려주었다. 마음이 급한 나는 거기서 택시를 타고 서울대병원 장례식장으로 향했다.

그 병원은 익숙한 곳이었다. 앞서 밝혔듯이, 1983년 가을에 기관지 출혈로 열흘 넘게 입원한 한 적이 있었고, 1990년에는 초부터 봄까지 선생을 모시고 일주일에 한 번씩 그 병원을 다녔으며, 초여름이 되면서는 사모님과 교대로 선생의 병실을 지켰기 때문이다. 그리고 무엇보다 그 병원이 내가 선생을 안 곳이다.[46] 『한국문학의 위상』에 들어 있는 선생의 실존을 더듬으며 문학에 들어섰고, 그의 말을 흉내 내며 사유와 감성으로서의 모국어를 익혔고, 그의 존재가 가진 따

---

[46]  우리는 정말 사랑하는 사람과 함께 새로 태어나는 것이다. 그게 단순히 이성 간의 사랑만을 뜻하지는 않는다. 진정한 앎은 우리 존재 자체를 변화시키기 때문이다.

듯한 온기 안에서 문학적 지성으로서의 인간적 품격을 조금이나마 배웠다. 그런데 그게 왜 하필 삶과 죽음을 가르는 병원에서였을까? 나는 7년의 터울을 두고 바로 그 병원에서 선생을 처음 만났고, 또 마지막으로 보냈다.

도착해서 장례식장으로 갈 때에는 오히려 감정이 가라앉았다. 선생이 내게 바라는 모습이 그럴 것이라 생각했다. 그는 감정적으로 호들갑 떠는 일을 좋아하지 않았다. 굳이 표현하자면, 맑고 담백했다. 잘 웃고, 따뜻하고, 호기심 많은, 그러면서 절제된… 그래서 선생과 관련해서는 일찍 세상을 뜬 것 말고는 비감(悲感)한 그림이 떠오르질 않는다. 그런 모습은 죽음을 앞두고도 일관된 것이었다.

선생을 모시고 병원 진료를 다니던 1990년의 이른 봄이었다. 예약 시간에 맞춰 대학병원으로 가서 사모님이 편히 일을 보실 수 있도록 선생의 곁을 지키다가, 진료가 끝나면 약제실 앞에서 1시간 가까이 약이 나오길 기다려 받아서는 댁으로 전해드리곤 했다.[47] 구(舊)반포 주공아파트 댁에 가

---

47  어느 날, 선생의 팬이었던 사촌누나가 인사를 드리러 일부러 나왔다가, 영양실장은 약제실 접근 권한이 있는 의료 인력이라, 연락만 주면 바로 와서 약제실에 부탁해 기다리지 않고 약을 받아갈 수 있도록 하겠다고 했다. 선생의 평소 스타일대로라면, 그런 특권을 받아들이지 않았을 것이다. 그래서 처음에는 학교 교수로서의 특별대우를 요구하지 않고 사모님이 차로 선생과 먼저 들어가시고, 내가 따로 약을 가져갔던 것인데, 그게 많이 미

면, 선생은 몸이 힘든 상황 속에서도 사모님을 통해 내게 뭔가를 꼭 주려 했다. 소소한 교통비부터 시작해서 먹을 것에 이르기까지…! 소임을 마치고 댁을 나올 때면, 서 계시기 힘에 부쳤을 텐데도 베란다에 나와서 시야에서 사라질 때까지 지켜보곤 했다. 돌아서 인사를 드릴 때마다 웃으며 힘겹게 손을 흔들던 모습 때문에, 제대로 인사를 드릴 수도 없었다. 선생은 그런 분이었다.

그러던 어느 날인가 사모님께서 스승이 이렇게 건강이 나빠진 걸 봤으니, 이제 불문과 선생님들이 술을 덜 마시지 않겠느냐는 말씀을 하셨다. 그러자 선생은 "그게 무슨 소리야, 나처럼 아프기 전에 부지런히 마셔야지!" 하며 하얀 이를 드러내고 맑게 웃었다.[48] 죽음을 앞에 두고도 유머를 던

---

안하셨던 모양이다. 선생은 그래도 될까 하시며 살짝 난처한 듯 나를 건너 보셨는데, 나는 그 눈길을 내 작은 수고를 덜어주시려는 것으로 이해했다. 그 뒤로는 누나의 도움을 받아 바로 약을 타서는, 특별한 일이 없으면 선생을 모시고 사모님과 함께 이야기를 나누며 집으로 갈 수 있었다.

48 권오룡 선배로부터 들은 이야기다. 1970년대 후반의 일이다. 동숭동 문리대로 입학했다가 군대를 다녀오니 관악 캠퍼스로 학교가 바뀌었다. 분위기도 바뀌었다. 물론 핑계겠지만, 그 분위기에 잘 적응 안 되던 복학생들이 모여서 시험공부를 하기로 했다. 안 하던 공부가 잘 될 리가 없었다. 누군가 참지 못하고, 딱 한 잔만 마시고 공부하자고 제안했다. 그 한 잔이 새벽까지 이어졌고, 아침 시험에 들어온 복학생들에게선 술냄새가 진동했다. 선생이 들어오시더니 천천히 강의실을 둘러보며 분위기를 파악하셨다. 그리곤 칠판에 문제를 적었다. "우리에게 술은 무엇인가!" 다른 하나는,

　　　　　　　김현　따뜻하게 타오르는 사랑의 말

지며 미소 짓던 선생의 모습. 그것이 나에게는 가장 김현다운 얼굴로 지금까지 남아 있다. 그 뒤로 여름이 되면서 스스로 몸을 가누지 못할 정도의 최악의 상황 속에서도 나는 선생이 죽음을 두려워하는 모습을 한 순간도 보지 못했다. 그것이 다시 찾은 기독교 신앙의 힘이었는지, 아니면 평생 읽은 글을 통해 얻은 삶의 철학이었는지는 잘 모르겠다.[49] 아마 둘 다였을 것이다. 선생은 당신의 생명에 대해서조차 그렇게 맑고 담백한 사람이었다.

이젠 알려진 사실이니 적겠다. 선생의 병은 갑작스러운 것이 아니었다. 간 계통의 질환은 모계로부터 이어진 질병이었다. 바이러스라는 죽음은 삶의 신앙과 함께 모태로부터 받은 것이다. 선생은 식구들이 간질환을 겪고 삶과 이별하

---

공부를 해온 사람들을 위한 전공 관련 문제였다. 그러고는 술기운에 답안을 적지 못하고 곯아떨어진 학생들을 일일이 깨워 물을 마시도록 했다.

49  서양 문헌을 살펴보면, 평균수명이 서른을 넘지 않았을 16세기에도 죽음에 대한 불안을 나타내는 단어가 상대적으로 등장하지 않는다. 물론 거기에는 죽음 이후의 삶을 설명하는 기독교 신앙이 자리하고 있다. 서양인들에게 근대 이전까지는 죽음조차도 최후의 심판이 남아 있는 삶의 한 과정이었다. 프랑스 대혁명과 함께 그들은 신을 죽였다. 그리고 니체의 선언처럼, 신의 죽음과 함께 현대인이 탄생했다. 현대인들의 죽음에 대한 공포는 신을 죽인 대가다. 인류 역사상 가장 오래 사는 우리들이야말로 일생 죽음의 공포에 시달린다. (프랑수아 라블레의 『가르강튀아와 팡타그뤼엘』이나, 블레즈 파스칼의 『팡세』, 혹은 미셸 드 몽테뉴의 『수상록』를 읽어볼 것!)

는 것을 몇 번 지켜보았다. 그래서인지 어쩌면 당신에게 닥칠 죽음을 운명으로 내면화하고 있었던 것 같다. 그렇지 않고서야 마흔여덟 젊은 나이에 아내와 스무 살 전후의 두 아들을 남겨두고 가는 사람이 그렇게 죽음 앞에서 초연하고 담담할 수 있었을까? 나는 철학이란 삶을 사랑하는 방법에 대한 물음이자, 죽음을 두려워하지 않는 용기를 배우는 일로 이해한다. 학문으로서의 기술적인 부분은 그 다음 문제다. 그런 점에서 선생은 나에게 있어 뛰어난 철학자이기도 하다.

내가 이렇게 과감하게 적을 수 있는 것은, 나도 선생처럼 B형 간염 바이러스 보균자이기 때문이다. 애써 외면하고 살았지만 내 무의식은 어느 순간 죽음이 친숙하게 나를 찾아올 수 있다는 것을 늘 잊지 않고 있는 것 같다. 그것을 받아들이지 못하면, 보이지 않는 공포와 내내 싸워야 한다. 그런데 나는 내가 보균자라는 사실을 알기 전인 스무 살 무렵, 기관지 출혈과 교통사고를 겪으며 삶과의 이별이 언제든 가능할 수 있다는 것을 먼저 알았다. 그래서인지 나 역시 죽음을 두려워하지 않는 선생의 모습을 자연스럽게 받아들일 수 있었다. 나날을 충만하게 사는 것이 중요한 뿐, 죽음은 언제든 찾아올 운명인 것이다! 내가 논리의 이지적인 삶보다는, 두 발로 딛는 대지의 약동과 이마를 스치는 바람을 더 소중하게 느끼는, 한마디로 감각적인 삶을 선택한 것은 그러한 이유에서다.

아무에게도 밝히진 않았지만, 내 첫 책의 제목을 '감각의 실존'이라 지은 것도 나로서는 이지적, 논리적 삶을 선택하지 않겠다는 선언이었다. 나는 문학에서건, 삶에서건, 이 태도를 지금까지 유지하려 애썼고, 앞으로도 그럴 것이다. 언제 찾아올지 모를 죽음 앞에서 내내 두려움에 떨며 아프지 않을까 근심하던 '불행한 시체'가 아니고, 죽음의 순간, 마침내 기다리던 대상을 만나는 '행복한 시체'로 관에 들어가길 나는 정말 바란다. 내 개인적 경험과 함께 선생의 때 이른 죽음이 준 큰 선물이다.[50]

그래서 나는 당신처럼 아프기 전에 부지런히 술을 마시라는 선생의 말을 따르지 않았다. 복거일이 얘기한 '쓰린 술'을 거부한 것이다. 아플까 두려워 술을 피한 것은 아니다. 한 시절 원 없이 마셨다. 젊어서는 내가 이기나 술이 이기나 겨뤄도 봤다. 그런데 하나도 즐겁지 않았다. 다음날 내 존재를 내준 것에 대한 쓰린 회한과 숙취의 이중고에 시달리는 처

---

50 다행인지 아직은 나의 그 간염 바이러스가 비(非)활동성이다. 즉 치료를 요하지는 않는다는 것이다. 바이러스는 내 존재 안에서 어여쁜 백설공주처럼 아직은 내처 자고 있다. 가급적 그를 깨우는 왕자의 키스가 없길 바란다.

참함이 남을 뿐이었다. 그래서 나는 감각의 명징함을 방해하는 과도한 취기를 좋아하지 않는다. 좋은 술을 즐겁게 마시고, 집에 들어가 잘 씻은 다음, 음악을 듣거나 신문을 뒤적이다 자리에 눕는 순간의 기쁨이 있다. 맨정신으로 잠자리에 드는 일을 사랑하는 것이다. 도박이나 섹스가 그러하듯 알코올의 광포함 또한 내 존재를 지배하지 않도록 노력해왔다. 나는 내 존재를 따듯하게 덥힐 정도 이상의 술을 필요로 하지 않는다.

그리고 나는 무엇보다 문학이 그렇게 자신의 삶을 던져가면서 순교할만한 대상이라고 생각하지 않았다. 그것은 선생과 나 사이를 가르는 시대 차이일 것이다. 선생이 문학을 하던 시대만 하더라도 한국사회에는 달리 선택할 출구가 많지 않았다. 당대 최고의 '문리대'를 나와서도 직업을 얻기가 쉽지 않을 때였다. 그런데 한국어는 식민통치 아래 봉건 조선의 무능한 왕실을 대신한 한민족의 추상적 상징이었고, 춘원 이광수의 계몽주의 이래로 한국문학은 그 한국어를 지키고 가꾸는 성지였다. 식민지 시대로부터 문인들이 당대 최고의 지식 엘리트였던 것도 그러한 이유에서였다. 이처럼 지사적 결기와 엘리트로서의 지성이 결합되어 만든 한국근대문학의 독특한 성채는 지성사적으로 특수한 것이다.[51] 《창작과 비평》, 《문학과 지성》, 《세계의 문학》 등이 문학에 머물지 않고 당대 한국사회에 대한 가장 힘 있는 선도적 계몽자로서의 역할을 할 수 있었던 것도 그 덕분이다.[52]

하지만 내가 선생을 알던 1980년대만 하더라도 역사학과 사회과학은 이미 자신의 독립을 꿈꿀 수 있을 정도로 빠르게 성숙했다. 문학이 모든 것을 '대신 말해주던' 통합적 말의 창구로서의 역할은 저물고 있었다. 나는 문학이 위대해서가 아니라, '좋아서' 하는 첫 세대가 될 것이라 생각했다. 선생이 알게 해준 '말과 사랑'을 좋아해서 앞으로도 내내 문학 '안'에 있겠지만, 그것은 자신과 세계를 알아가는 지혜

---

51  조선 최고의 수재라는 유진오도 소설을 썼다. 1980년대에는 국문학이 단지 카프(KAPF)를 연구할 수 있다는 이유로 특별한 가치를 가진 분야인 양 간주되기도 했다. 운동권 학생들일수록 그걸 배우는 것 자체에 우월감을 가졌던 것 같다. 그때마다 나는 웃었다.

52  서양으로 말하자면, 프랑스 대혁명 이후 근대적 계몽의 19세기부터 시작해서 20세기 전반의 모더니즘까지를 지배한, 특권적 엘리트 계급의 문학예술에 해당된다. 19세기 프랑스문학에 관한 최고의 전문가로 평가받는 폴 베니슈(Paul Bénichou)같은 사람은 이를 '성직자 계급의 세속화'라고 부른다. 대혁명 이전 성직자들이 신의 대리자로서 갖고 있던 그 특별한 권위를 근대사회 들어 문학 예술가들이 차지한 사회적 현상이다. 신의 속성이기도 한 '무한한(infinite)' 상상력에 힘입어 작가는 신의 천지창조(Creation)를 대신하는 '작은 창조행위(creation)'를 수행하는 특별한 소임을 갖고 있다는 것이다. 근대사회에서 문학과 예술이 부르주아의 특별한 교양으로서 지위 격상을 하게 된 것은 그런 기원을 갖고 있다.

의 하나일 뿐이지, 독립운동이나 민주화운동과 같은 것이라고는 전혀 생각하지 않는다. 선생의 세대는 이청준처럼 후진국의 뛰어나지만 불우한 문인들을 부추기고 '선동'하느라 원고료를 다 털어 몸을 망쳐가며 쓰린 술을 드셨겠지만, 나는 이미 중진국의 문턱을 넘어 문학말고도 얼마든지 멋진 의미를 가진 일이 널려 있는 다른 시대의 사람이다. 문학에 순교할 이유를 눈을 씻고 찾아봐도 갖지 못한 새로운 세대의 구성원인 것이다.

물론 식민지부터 5월 광주로 이어지는 굴절의 현대사는 우리 세대에게도 과도한 죄의식을 요구했다. 그것 때문에 청춘이 암울했다. 개인의 행복이란 마치 금단의 과일 같은 것이었다. 그런데 1991년 가을 프랑스 보르도 대학에 갔을 때, 나는 알았다. 적어도 태어난 게 죄는 아니라는 것 말이다. 김화영 교수는 그것을 일찍이 '행복의 충격'이라고 적었다. 프랑스에 가기 전에는 그 책이 버터가 잔뜩 든 느끼한 음식처럼 불편했었다. 거기에는 우리 문학의 비감한 사명감과 과도한 불행의 자의식이 전혀 들어 있지 않았기 때문이다.[53] 그런

---

53  조금 생뚱맞은 비유가 되겠지만, 내가 프랑스로 떠나던 무렵 김현식은 우리에게는 엄청난 아우라를 가진 가수였으나, 서양인들에게는 전혀 매력적이지 않았다. 내가 모임에 가져간 김현식 CD의 그 비장한 정조 때문에 불쾌감을 표시하는 걸 여러 번 보았다. 처음에는 당혹스러웠다. 그런데 몇

데 막상 도착해서 보니, 전에 프랑스 문학 텍스트를 읽으면서는 실감으로 잘 다가오지 않았던, 일상의 권리처럼 누리는 행복과 평화는 사실 그대로였다. 심지어는 극도의 가난과 아버지의 이른 죽음, 그리고 말 못하는 장애인 어머니를 둔 알베르 카뮈조차, 지중해의 햇살과 바람과 바다를 무상의 자유와 행복으로 누릴 수 있었다. 사실 그 행복과 불행의 팽팽한 균형이야말로 카뮈의 매력이다. 그런 프랑스에서 시인이 된다는 것은, 원고료는커녕 시 전문지에 돈을 내고 작품을 발표하는, 말 그대로 소수 집단의 취미 활동에 가까운 것이다.

선생도 그러한 시대적 패러다임의 변화를 모르지는 않았다. 선생을 모시고 병원을 다닐 무렵부터 나는 우리 세대의 문학에 대해 이러저런 애기를 나눌 기회를 가졌다. 그때마다 선생은 자신의 세대에 맞는 언어와 형식을 찾는 일이 필요하다고 강조했다. 문단에 깃 진입한 햇병아리 평론가인

---

년이 흐른 뒤에는 나도 그 반응을 수긍할 수 있게 되었다. 질퍽이는 노래라면 질색하게 되었기 때문이다. 나는 활달한 댄스곡이 좋다. 오해 없길! 취향의 미적 우열을 말하는 것이 아니다. 서양의 감성이 더 낫고 우리의 감성이 후진적이라거나, 댄스가 더 낫고 발라드가 저속하다는 것이 아니다. 어떤 가치와 사유 방식, 감성 체계 등은 다양한 선택의 대상이지, 절대적 가치를 지닌 것이 아니라는 뜻이다. 예를 들면, 우리는 이성적이라기보다는 확연하게 감성적이다. 그 이유는 불행으로 이어진 고난의 역사를 이성적으로 수긍하기가 어렵기 때문이 아니었을까? 마치 씻김굿의 '한'의 정조가 그러하듯 감성적 풀어냄만이 거의 유일한 출구이기 때문이었을 것이라고 나는 생각한다.

나에게 우리 세대를 위한 동인지를 만들 것을 주문한 주인 공도 선생이었다. 그리고 투병 와중에도 당신이 직접 김병익 사장께 찾아가 문학과지성사에서 그 창간 작업을 맡아줄 것을 청했다.[54] 비록 몇 호 못 내고 단명하긴 했지만《비평의 시대》는 그렇게 세상에 나왔다.

물론 그전에도 선생은 그와 같은 일을 한 적이 있다. 이인성과 권오룡, 정과리 등이《우리세대의 문학》이라는 동인지를 만들고, 그것을 바탕으로 계간지《문학과 사회》의 창간을 이끌어낼 수 있도록 해주었다. 물론 거기에는 1980년 신군부의 집권과 제5공화국의 탄생 과정에서 진보적 정기 간행물 폐지라는 예기치 않은 사건이 들어 있다. 하지만 막 40대에 접어든 선생 세대가 제자들에게 새로운 '말의 길'을 내준 것이기도 하다. '창비'의 경우 1980년대 후반 복간과 함께 백낙청 교수가 다시 편집권을 손에 쥐게 된 일과 대비되는 문지의 행보다. 다시 생각해봐도 40대의 비교적 젊은 나이에 서른 전후의 제자들에게 잡지 편집권을 맡긴다는 것

---

54  편집과 제작 비용은 문학과지성사에서, 게재 원고료는 우리가 자체적으로 조달하는 것으로 했다. 민음사의 박맹호 회장은 내가 창간 계획을 말씀 드리자, 책 광고를 싣는 조건으로 그 자리에서 흔쾌히 고료 지원을 약속했다. 첫 후원자였다. 늦었지만 이 자리를 빌려 감사의 인사를 올린다. 천국에서 선생과 만나셨을 것이라 믿는다.

김현  따뜻하게 타오르는 사랑의 말

은 결코 쉬운 일이 아니다.

어쨌거나 호기심 많은 사람답게 선생은 《비평의 시대》 진행 상황에 대해 관심을 기울이며 틈틈이 물었다. 처음에는 문학과지성사 계열의 또래 젊은 문인들을 폭넓게 아우르는 것으로 소박하게 생각했던 내가 오히려 선생의 그 지속적인 관심 때문에 당황할 정도였다. 지나서 하는 소리지만, 나는 그 적임자가 아니었다. 왜냐하면 내가 개인주의자이기 때문이다. 선생의 말을 안 들은 또 한 가지가 바로 이것이다. 그는 문학이란 좋은 친구들과 함께 하는 것이라는 생각을 가진 분이었다. 글쟁이들을 모으고 아우르며 함께 말의 길을 트는 것! 그게 선생이 생각하는 문학의 길이었다. 지금 생각해도, 맞다. 문제는 내가 그런 사람이 아니라는 점이다. 《비평의 시대》가 짧게 소멸을 고한 데에는 무엇보다 나의 그런 개인주의 성향 탓이 크다.

사실 나는 창간호를 준비하며 서로 의견을 조율해서, 우리의 책이 담아야 할 가치와 방향을 정하는 일까지만 하고 싶었다. 그 다음에는 주도적 지위에서 빠져나와 철저히 집단 체제를 유지하려고 생각했다. 미안한 점이지만, 그건 문학적 민주주의의 가치를 염두에 둔 게 아니었다. 나 자신이 우리 세대 언어의 집단적 가치에 대한 책임을 나서서 질 생각이 없었을 뿐이다. 앞서 언급한 사실이지만, 문단 등단을 염두에 두고 준비를 하지 않은 탓에, 신출내기 평론가로서 앞으로 부딪쳐야 할 내 개인적 언어의 짐만 해도 엄청난 부담을 느낄 때였다. 그리고 함께 일을 해나갈 사람도 곁에 없었다. 내게 문학은 우연처럼 주어진 것에 가까워서 혼자 조용히 해왔기에, 호흡을 함께 나눌 사람을 만들 기회를 따로 갖지 못했다. 나는 비사교적인 사람이었다.

어쩌면 그래서였을 것이다. 나의 그런 성향을 모르지 않았을 것이므로, 선생은 나를 더 다독이며, 빼도 박도 못하도록 부추겼던 것 같다. 내가 멈칫하고 돌아서려는 순간이면, 그는 이 일이 '꽤 해볼 만한' 것이라는 점을 넌지시 느끼도록 했다. 내키지 않았지만, 그래서 더 거부하기가 어려웠다.[55] 심지어는 함께 일하는 친구들을 모아 자리를 마련하면, 투병 와중인데도 나와서 밥을 사겠다고 하실 정도였다.[56] 선생의 그런 주도면밀한(?) 격려에 힘입어 나는 한 발씩 문학 '판' 속으로 걸어 들어갔다.

---

55  선생의 한 특징은 '해야 한다'는 '당위로서의 의무'를 잘 강요하지 않는다는 점이다. 그는 '꽤 할 만한'이라는 수식어 이상으로 잘 넘어가지 않았다. '선험적'이 아닌, '의미 창출적' 언어를 문학적 가치로 생각한 선생의 철학이다. 그의 언어는 그래서 늘 '발생의 사건'이었고, 그런 점에서 선생은 상대로 하여금 자발적으로 빠져들게 만드는 세련된 선동가였다.

56  불행하게도 그 자리는 갖지 못했다. 생각보다 빨리 떠나셨기 때문이다. 《비평의 시대》가 나온 것은 선생이 돌아가신 다음 해 일이다.

　　　　　김현  따뜻하게 타오르는 사랑의 말

그런데 거기서 작지 않은 사달이 생겼다. 처음에 나는 함께 하기를 원하는 1960년대 출생 글쟁이들 가운데 장르별로 한 명 이상씩 안배하고, 평론가 몇이 가세하는 방식으로 일을 꾸렸다. 그런데 그것을 들은 선생이 편집동인으로는 평론가들만 참여하는 것이 좋겠다고 한 것이다. 그것도 가급적 많지 않게, 최대 다섯을 넘지 않는 조건으로 말이다. 당신이 몇 번 그런 모임을 꾸려봤더니, 창작자들은 개성이 강해서 때로 다양한 의견을 조율하기가 쉽지 않을 뿐더러, 그것 때문에 오히려 모임 자체에 균열이 생기기도 한다는 것이다. 아차! 싶었다. 맞는 말이었기 때문이다. 창간 준비차 두어 번 비공식적 모임을 가졌는데, 분위기가 벌써 이상하게 흘렀다. 나는 그냥 우리세대의 순수한 문학적 모임을 계획했는데, 이미 누구는 받아들이고, 다른 누구는 배제하는 선별의 권력처럼 되어버린 것이다. 그래서 함께 했던 창작자들의 양해를 구하고, 편집동인으로는 평론가들의 이름만 올리는 것으로 서둘러 정리했다. 선생은 그 결정을 지지해주었다. 나는 그렇게 내 의사와는 달리 말의 소용돌이에 휩쓸려 들어갔다.

이 일 때문에 함께 어울렸던 또래 문인들에게 비난을 많이 받았다는 것을 처음에는 몰랐다. 선생의 뜻임을 앞세워 일을 처리하는 것이 도리가 아닌 것 같아서, 가급적 선생을 거명하지 않고 한 사람씩 만나 친구로서 이해를 바라는 방식을 택했다. 그런데 그 가운데는 선생의 뜻임을 꼭 확인하고 싶어하는 사람도 있었다. 그에게는 다만 부정하지 않는 것으로 답을 대신했다. 나로서는 그들이 그냥 섭섭해 하는 정도로 끝날 것으로 예상했고, 내 눈앞에서 당사자들의 반응은 크게 다르지 않았다. 필자로는 얼마든지 창간호에 참여할 수 있었기 때문이다. 그리고 나는 그것이야말로 문학적 우정이라고 생각했다. 그런데 속사정은 전혀 달랐던 모양이다. 창간호가 나오고 얼마 있지 않아서 나는 프랑스로 떠났다. 몇 년이 흐른 뒤에야 그때 동인으로 이름을 올리기로 했다가 빠진 작가들이 뒤에서 나를 많이 비난했다는 사실을 알게 되었다. 유학 생활 중의 파리에서든, 잠시 들르러 나온 서울에서든, 대부분 내게 선배였을 문단 사람들을 만나면, 너희들 왜 다투느냐는 소리를 하길래, 나는 그게 뭔 말인가 싶었다. 그런 적이, 심지어는 만난 적도 없었기 때문이다. 내 개인적인 선택이긴 했지만, 나는 편집권을 내려놓고 떠난 사람이었기 때문에 나에 대해 원망할 것이라고는 생각도 못했다. 그래서 너무 늦게야 알았다.

그런데 미안하지만, 난 지금도 그들의 태도를 수긍하지 않는다. 나라면 누군가를 비난할 힘으로 글을 하나 더 썼을 것이기 때문이다. 그래서인지 그들 대부분은 일찌감치 글쓰

김현 따뜻하게 타오르는 사랑의 말

기 현장을 떠났다. 결론적으로 《비평의 시대》를 잘 가꾸지 못함으로써 우리세대의 말을 모을 판이 초라해졌다. 가장 아쉬운 대목이다. 1997년 말 귀국한 뒤로 학교에서의 연구자 대신, 문학판의 글쟁이로 남기로 한 데에는 이 사건이 큰 이유가 되었다. 먼저 떠나간 사람들 때문에라도 나는 끝까지 써야 하는 일을 숙제처럼 떠안고 있었기 때문이다. 그리고 무엇보다 선생의 뜻이 그러했을 것이라고 나는 감히 생각했다. 물론 그렇다고 나의 서투른 일처리와 사회적 친화력 없음이라는 원죄가 사라지는 것은 아니다.

선생은 사회지능(SQ)이 높아 상황 파악이 빠른 분이었다. 말과 눈빛을 통해 상대와 교감하는 능력 말이다. 그래서 이야기를 나누다 두 눈을 동그랗게 뜨고 날 바라볼 때면, 내 속마음까지 그 눈에 다 비쳐 드러날 것 같은 기분을 느끼곤 했다. 나만이 아니다. 선생이 잘 알고 계실 것 같아서 차라리 정직하게 모든 걸 밝힐 수밖에 없었다는 얘기를 몇몇 사람으로부터 들은 적이 있다. 그런 선생이 동인 자리에서 물러날 내 또래 철부지 작가들의 원망과 그로 인한 갈등을 몰랐을까. 그리고 무엇보다 말에 대한 선생의 그 호기심과 애정을 옮겨 담는 일에 내가 적임자가 못 된다는 것을 알지 못했을까? 그래서 나는 이따금 스스로에게 묻곤 했다. 왜 이 일에서만큼은 평소의 원만한 그와 달랐는지를!

아마도 이 물음 역시 선생의 성품에서 그 이유를 찾아야 할 것이다. 앞서도 적었지만 그는 말에 관한 한 무한대의 호기심과 애정을 가진 사람이었다. 그러니 힘든 투병의 와중에도 새로운 말이 모일 수 있는 틀을 마련해주고 싶었던 것이 아닐까?《문학과 사회》가 그러했듯이, 내 세대의 언어가 따로 분출될 수 있도록 판을 벌여주는 일이야말로 당신이 마지막으로 해야 할 일이라고 말이다! 그렇지 않고서야《비평의 시대》같은 햇병아리 신출내기들의 소소한 부정기 간행물을 만드는 일에 그 마지막 에너지를 쏟을 이유가 없었다! 물론 선생이라면, 당신의 4.19세대와 당시《문학과 사회》의 유신세대, 그리고 내가 속한 광주세대의 언어가 서로 섞이며 펼칠 말의 향연이 장기적으로는《문학과 지성》이 계속 존재 의의를 지니며, 아울러《문학과 사회》가 풍성한 결실을 거둘 수 있는 새로운 활력이라는 것을 알았을 것이다. 말도 피처럼 근친교배야말로 치명적 위험이자 자기 파멸이기 때문이다. 말은 다양하게 섞일 때에만 미지의 새로운 창조적 활력을 얻는다! 그것이 선생이 사숙(私塾)한 스승 가스통 바슐라르가 적은 말의 '폭발'이다.

그런데 말이 폭발하듯 자유롭게 분출될 수 있으려면 억압이 없어야 하니, 자신의 '플랫폼'을 최소한의 틀로 갖고 있으면 좋다. 너희가 그걸 만들 수 있도록 내가 도움이 되겠다!《비평의 시대》에 대한 선생의 관심은 그런 것이 아니었을까? 거기에 덧붙여 광주세대의 말의 틀 속에서 이제 막 문단에 얼굴을 내민 어린 제자가 한 귀퉁이에라도 자신의 말의 뿌리를 내리기를 바랐던 게 아닐까? 그게 과도한 자의식으로 엇나갈 가능성이 있는데다. 지나친 개인주의적 성향으로 사람들 틈에 끼기를 싫어하는 나를 문학의 판으로 이끌려는 선생의 섬세한 흉계(?)이자 배려였을 것이라고 나는 선생의 나이가 되어서야 간신히 가늠했다. "어떤 생을 살든 너는 글을 떠나서는 살기 어려울 것"이라고 했던 선생의 말뜻이 요즘에야 이해가 가기 때문이다. 혹시라도 글판에 안착하지 못하고 겉도는 불행한 삶이 되지 않도록 한 선생의 그 마음을 떠올릴 때마다 가슴이 저린다! 그의 모습은 이처럼 마지막까지 자유롭고 다양한 말에 대한 천진한 호기심과 함께 새로운 말을 만들려는 무상(無償)의 욕망 그 자체로 남아 있다. 그런데 그것이야말로 '문학의 사랑'이 아닐까?[57]

병원에 도착하니 이미 많은 사람들이 와 있었다. 호상(好喪)이었다. 이어령 당시 장관의 모습도 보였다.[58] 하늘이 무

---

57  문학이란 '나는 너를 사랑한다'는 말의 가장 깊고 다양하며 섬세한 변주 양식이다.

58  나는 1년에 한두 번씩 이어령 선생에게 인사를 드릴 기회를 갖곤 했는데,

너지는 것 같은 심정이었지만, 그게 당시로서는 너무 커서 실감이 잘 오질 않았다. 지구가 도는 어마어마한 소리를 우리가 들을 수 없는 것처럼 말이다. 장례식장에선 이미 이인성 선생을 중심으로 '문학과 사회' 선배들이 문인들과 학교 사람들과의 고리 역할을 하면서 전체를 조율하고 있었다. 그들의 표정은 당연히 심각했다. 그런데 그 표정을 보면서 엉뚱하게도 나는 좀 달라야겠다. 지나치게 경건한 표정으로 찾아온 사람들을 주눅 들게 하지 말아야겠다. 그들은 어쨌든 손님이 아닌가. 나는 그들이 편안히 다녀가도록 하자, 그게 제자로서는 막내인 내게 주어진 역할일 것이라는 생각을 했다.[59] 물론 꽤 시간이 흐른 뒤, 심각한 표정의 선배들이 당시에 불과 30대 후반이었다는 걸 알았을 때, 그 표정을 이해할 수 있었다. 그들도 젊었다. 나만큼은 아니겠지만, 젊은 그들도 황망했을 것이다. 어쨌든 나는 선생의 주검 앞에서 일

---

그것은 그분이 당신의 위치에서도 무리를 짓지 않는 데 대한 경의의 표현이자, 내 스승의 장례식장을 찾아와준 것에 대한 답례다. 내가 알기로는, 이어령 선생이 문리대 교양 학부의 젊은 강사로 60학번 서양어문학과 학생들에게 교양 국어를 가르쳤다고 한다. (직접 확인한 사실은 아니고, 전해들은 이야기다.)

59  내 육신의 아버지가 한 말이 있었다. "너는 스승의 장례식장에서 손님을 맞는 사람이다. 네가 나서서 너무 슬퍼하지 마라!"

부러 떠들며 부지런히 마시고 흥겹게 놀았다.[60] 그러지 않았다면, 더 힘들었을 것이다.

선생의 묘지는 양평이었다. 지금이야 전철까지 뚫려 바람 쐬듯 훌쩍 다녀오는 근교가 되었지만, 자동차가 대중화되기 전이라 당시는 꽤 먼 곳이었다. 나로서는 덕소, 양수리와 같은 곳을 처음 가봤다. 제대로 된 장마가 시작되기 직전이었다. 그래도 이미 살짝 비를 뿌리긴 해서 마련해둔 가족 묘지로 오르는 언덕길은 미끄러웠다. 관을 든 내 또래 대학원생들이 중심을 제대로 잡지 못하고 힘들어 할 정도였다. 다행히 날은 맑았다. 정말 호상이었다. 장지에서 임우기 선배가 삽을 넘겨주며 말했다. "너도 선생님께 인사를 해야지!"

장례를 마치고 돌아오니 몇 사람의 글쟁이들이 곁에 있었다. 더운 날 장지(葬地)까지 와준 그들을 그냥 보낼 수 없어 인사동으로 함께 갔다. '평화만들기'라는 상호를 가진 술집에서 술을 마셨다. 더운 날이어서 갈증이 심했고, 많이 마셨다. 취하지 않았다. 한 여성시인에게 꽤나 과한 농담을 던지기도 했다. 몇 년 연상의 그 시인은 다행히 내 언사를 위악적 농담으로 받아들여준 것 같다. 생각해보니 그래봐야 30대

---

60  그래도 분위기는 무거웠다. 그래서였을까? 둘째 날인가… 그런 분위기가 심하다고 생각했는지 강형철 시인이 목소리를 높였다. "왜 이리 조용해? 우리 좀 놀자! 싸우자!" 이러며 분위기를 돋우려 했다. 고마웠다.

초반의 젊은 여성이었다. 다시 생각해도 미안하고 고맙다. 지금도 이름만 대면 다 알 수 있는 좋은 시인이다. 어쨌든 그날은 울고 싶은데, 눈물이 나지 않았다. 다들 그랬던 모양이다. 마시다 지쳐 헤어졌다.

귀갓길 내내 선생이 평소에 좋아한 노래 김창완의 〈청춘〉이 귀에 맴돌았다. 그는 한국문학 평론가로 누구보다 성실하게 많은 글을 썼고, '외국어문학도'로 부지런한 번역과 함께 프랑스 문학의 주체적 연구 가능성을 보여주었으며, 무엇보다 가난한 글쟁이들을 모아 글을 쓰도록 원고료를 털어 술을 사먹이며 부추겼다. 마침내 당신이 주신(酒神)이 되어 엄청난 양의 '술 길'을 따라 세월을 붙잡듯이 훌쩍 갔다. 그런데 꼭 그렇게 성실해야 했을까? 새벽까지 술을 마시면, 어린 학생들은 넋 놓고 뻗어서 12시나 되어야 학교에 기어나오는데, 선생은 9시 전에 변함없이 연구실로 나왔다. 어쩌다 술자리가 일찍 파하면, 잠자리에 들기 전에 원고를 몇 줄이라도 쓰고 주무신 것으로 알려져 있다. 그런 철저함이 세월을 앞당겨 쓴 것이다. 강의를 안 하는 것이 미덕(?)이었던 1980년대에도 나는 선생이 이유 없이 강의에 늦거나, 그냥 설렁 넘어가는 것을 단 한 번도 보지 못했다.[61]

---

61  나는 늘 게으르게 살고 싶었다. 변명일 수도 있겠지만, 선생의 이른 죽음

돌이켜보면 그도 촌사람이었다. 진도에서 나서 목포에서 성장한 시골 촌놈! 비록 시골의 삶으로는 상대적으로 풍족한 환경에서 자랐고, 고교 시절부터 서울 생활을 했지만, 선생에게는 촌놈 특유의 우직함이 있었다. 사모님께서 해주신 이야기다. 어느 해 여름, 당시 문교부에 갈 일이 생겼다. 여름 양복이 따로 없었다. 사모님께서는 날이 더우니 시원한 복장으로 그냥 가시라고 했다. 그런데 선생은 관공서에 가서 관리를 만날 때는 정장을 갖춰야 한다며, 두꺼운 겨울 양복을 꺼내 입고 다녀오셨다고 한다. 사모님은 내게 선생의 그 고지식함을 흉보셨다. 물론 그건 성실하고 우직한 배우자에 대한 사랑의 표현이었다. 하나 더 적자. 선생의 첫째는 공부를 뛰어나게 잘하는 수재였다. 아버지가 재직 중인 불문학과에 진학하고 싶어 했다. 성적은 충분했다. 그런데 선생은 절대 불가였다. 학과의 다른 분들에게 부담이 된다는 이유에서였다. 그래서 결국 러시아어문학과로 갔다. 첫째가

---

때문에라도 부지런함을 덕목으로 생각하지 않았다. 마르크스, 이토 히로부미, 히틀러, 모택동 등등 세상에 큰 사고를 친 자들은 모두 부지런하다. 그런데 생각해보니, 내 천성 자체가 게으른 것 같다. 몇 년 전 평론집 출간을 계기로 권오룡 선배가 전화로 그 점을 지적했을 때, 나는 조금의 유보도 없이 수긍할 수 있었다. 권 선배에 따르면, 내가 글을 많이 안 쓰고, 책을 부지런히 내지 않는다는 것이다. 다행이다. 적어도 '머리는 나쁜데 부지런하기만 한' 최악의 상사나, '글은 아닌데 책은 열심히 내는' 최악의 글쟁이는 되지 않을 터이니 말이다.

대학에서 한 학기를 간신히 마쳤을 때, 선생은 돌아가셨다.[62]

말이 나온 김에 마저 털어놓아야겠다. 선생의 말을 안 들은 게 더 있다. 그 가운데 하나가 프랑스어 회화를 배우라는 당부였다. 1989년 봄, 나는 1학점짜리 '교양 체육'을 이수하기 위해 아홉 번째 학기를 다녔다. 졸업 학기를 초과한 탓에, 그 마지막 학기는 은행에서 등록금 대출을 받아 간신히 등록했다. 그런 학기 초의 어느 날, 선생은 날더러 시간 여유가 있을 터이니 프랑스어 회화를 배우면 좋겠다고 하셨다. 당시만 해도, 말하기 분야는 학생이 알아서 하는 영역이라 정규 과목에는 회화 강의가 들어 있지 않았다. 학점과 무관하게는 두어 과목 개설이 되기도 했지만, 유학을 생각하는 몇 말고는 관심 사항이 아니었다. 그런데 회화라니! 뜬금없었다. 어리둥절한 표정으로 선생을 봤다. "우리 세대만 해도 괜찮지만, 너희 세대는 말을 못하면 여러모로 불편할 거

---

62 정확히 10년의 교수 생활 동안 지켜본 바로는, 자식들을 자신이 재직 중인 학과에 불러들이는 민폐 교수가 부지기수이다. 물론 아닌 경우도 드물게 있지만, 입학 자체가 우월한 정보를 이용한 탈법에 가깝고, 이후로도 지속적으로 영향력을 행사한다. 그러니 '흙수저' 담론이 나오는 것이다. 우리에게는 인적 자원이 유일한 자원이며, 대학은 그 생산 체계에서 중요한 정점을 차지하고 있는데, 오히려 온갖 종류의 입시부터가 불공정해지며 자원의 낭비를 가져오는 원인이 되고 있다. 그런 점에서 '헬조선' 담론이 터져 나오는 것 역시 타당성이 있다. 이념과 이익 대립으로 혼란스런 정치판의 아수라장 속에서 정말 중요한 이런 문제들이 파묻히고 있다.

김현   따뜻하게 타오르는 사랑의 말

야. 쫓기지 않으려면, 미리 말을 좀 배워둬라." 그러고는 당장 등록할 것을 강권하다시피 했다. 서른 무렵의 그가 스트라스부르에서 겪은 시간을 떠올리며, 그리고 대출받은 등록금을 생각해서라도, 한번 해보겠노라고 답을 할 수밖에 없었다.

후배들 앞에서 어리버리 하는 것이 난감하여 나는 학교를 피해 '알리앙스 프랑세즈'에 따로 다녔다. 한 마디로 괴로웠다. 독해 수준은 그나마 성인이지만, 너댓 살 아이 수준의 표현 말고는 어려운 구어와 문어의 그 격차가 이만저만 고문이 아니었다. 게다가 농담하듯 강의를 진행하는 파란 눈의 강사에 대한 반감도 컸다. 미숙한 조선 사내의 눈에는, 어린 여대생들에게 수작이나 거는 서양 날건달로 보였다. 나중에야 그것이 서양인 특유의 유머 감각일 수도 있다는 것을 알았다. 하지만 반외세(反外勢)가 대세이던 때였다. 그래서 등록한 프로그램을 대충 뻘락거리다가, 어느 날 선생에게 대들 듯, 더 이상은 못 다니겠다고 했다. 그러자 선생이 살짝 한숨을 쉬셨다. "너도 안 되는구나!"

선생이 돌아가시고 어느 날, 마치 내지 않은 숙제처럼 그 순간 선생의 표정과 목소리가 때늦은 후회로 밀려들었다. 《비평의 시대》 1호를 내고 서둘러 프랑스로 간 데는 그러한 이유가 있다. 딱 1년 만이라도 선생과의 약속을 지키고 싶었다. 이어서 학위 과정을 밟을 것인지의 여부는 그 다음 문제였다.[63] 처음에는 선생이 계셨던 스트라스부르 대학으로 가려고 했다. 그런데 거기에는 회화(會話)를 위한 초급 과정이 없었다. 그래서 남서부의 보르도 대학으로 갔다. 내가 원하는 것은 학위 과정을 위한 독해와 글쓰기가 아니라, 최소한의 말하기 능력이었기 때문이다. 미식(美食)과 와인의 도시 보르도에서 보낸 한 철은, 지옥이 아닌 천국이었다. 그 대학 기숙사에서 요리를 익혔고, 와인을 배웠으며, 학생들과 어울려 저 멀리 피레네와 지중해로, 대서양의 스페인으로 며칠씩 여행을 떠나곤 했다. 행복이 죄가 되지 않는다는 것을, 아니 바슐라르의 말처럼 우리는 행복하게 살 권리를 갖고 태어났다는 걸 거기서 온몸으로 깨달았다. 더 일찍 그런 삶이 있다는 걸 알지 못해 원통한 나머지 눈물이 날 지경이었다. 내가 감각적 쾌락주의자라는 막연한 느낌 역시 거기서 더 또렷하게 알게 되었다. 그 덕분인지 선생이 원했던 프랑스어 말하기 능력도 부족하나마 갖추게 되었다.

---

63  사실은 경제적 여유가 없었다. 프랑스의 경우, 등록금은 없는 대신에 외국인 학생에게는 노동 허가를 주지 않는다. 비공식적 일은 할 수 있지만, 정규 급여를 받는 일자리를 가질 수 없다는 말이다.

김현  따뜻하게 타오르는 사랑의 말

그때 돌아왔어야 한다.[64] 결론적으로 나는 글쟁이지 학자의 천분을 갖지 않았기 때문이다. 물론 새로 시작한 일이라 학업을 즐겼다. 석사 과정 등록을 한 '파리8대학'은 서울로 치면 의정부 즈음에 캠퍼스를 두고 있는 좌파의 아성이었다. 당시 숙소인 '강남'의 파리대학 기숙사에서 오가기에는 꽤 멀고, 환승도 불편한 데다, 좌파 대학답게 시설도 좁고 추레했지만, 그 모든 단점을 상쇄할만한 매력 덩어리였다. 이미 퇴임했지만 철학과의 질 들뢰즈 같은 인물이 포진

---

64  1년 언어 연수를 마칠 무렵, 약대를 졸업한 막내 여동생이 약국을 열었는데, 곧잘 수익이 났던 모양이다. 여동생은 어머니를 통해 내게 약간의 경제적 지원을 해줄 터이니, 원하면 남아서 공부를 하라는 의사를 전해왔다. 나는 고민 없이 받아들였다. 그래서 늦게야 카뮈의 『이방인』 원문을 통째로 외우며 논문쓰기를 위한 프랑스어 문장을 익혔다. 처음에는 재정 상황에 맞춰 지방대학에만 원서를 냈다. 그런데 돌아가신 김치수 교수께서 마침 파리에 오셨길래, 인사드리러 나간 김에 공부 계획을 밝혔더니, 꼭 파리대학으로 와야 한다고 윽박(?)질렀다. 그래서 내가 당신도 "저 시골 촌구석 프로방스 대학을 다니시지 않았느냐?" 반박했더니, "그때는 프랑스 인문학이 최고의 수준을 유지하던 때라 지방도 좋았지. 하지만 지금은 아니야!" 하셨다. 프랑스의 인문학은 1990년대에 이미 기울고 있었다. 국가 재정으로 대학 무상교육을 유지하기가 어려웠기 때문이다. 뒤처지는 대학 교육을 개혁하려던 노력은 평등 이념에 어긋난다는 이유로 늘 저항에 부딪쳐 실패했다. 난 어느 쪽이냐 하면, 등록금을 올려서라도 재정 문제를 해결해야 한다는 입장이다. 석/박사 통합 과정의 어떤 세미나는 강의실이 작아서 학생들이 바닥에 앉아 강의를 들었다. 유일하게 미국 대학 같은 캠퍼스를 갖춘 파리 10대학의 경우 1960년대 후반 7천 명을 예상하고 만든 캠퍼스에 30년이 지나서 2만 6천 명이 재학 중이었다. 그래서 나는 이따금 우리나라에서 터져 나오는 '대학 무상교육' 발언이 무책임한 선동가의 헛소리라는 확신을 갖고 있다.

해 있던 곳으로, 학풍부터 시작해서 외국인 학생을 대하는 자세까지 아주 개방적인 분위기를 가진 곳이었다.[65] 게다가 1980년대 중반 서울에서 강의라고는 채 반이나 듣고 졸업했을까? 쿠데타로 집권한 독재 권력 탓이든, 거기에 저항하는 학생들 탓이든, 제대로 뭘 배워본 경험 자체가 가난했던 나는 '공부'에 대한 미련을 갖고 있었다. 생에 꼭 한 번은 학문에 대한 열망을 쏟아보고 싶었다. 그것이 강원도 산골에서 서울로 진학한, 그를 위해 가난한 식구들이 치른 희생을 모른 체 할 수 없는 촌놈에게 맺힌 한이었다.

이미 보르도 대학에서 나날이 축제를 벌이면서도 나중에 돌아가 논문을 쓸 계획으로 틈틈이 보들레르를 읽어둔 터라, 석사과정을 마치는 일은 그다지 어렵지 않았다.[66] 두 학

65  학생들이 썰물처럼 빠져나가는 금요일 오후면, 사면으로 강의실이 배치되어 가운데가 뻥 뚫린 건물 중앙의 대형 로비에서 인류학과의 '탱고의 인류학' 강의가 열렸다. 그 강의를 이끄는 남녀 교수 둘이 음악을 틀고는 서로 탱고를 추며 번갈아 강의하던 모습을 잊을 수가 없다. 모두들 나와서 그 장면을 지켜보았다. 나는 그런 모습에서 어떤 종류든 학문의 핵심에는 자유가 있다는 것을 온몸으로 느꼈다. 자유를 그 자체의 속성으로 갖고 있는 예술의 존재 이유가 그것이다.

66  프랑스로 떠나기 전에는 조르주 풀레의 『인간적 시간에 대한 연구』와 『비평의식』에 커다란 흥미를 느껴 '시간성'이란 주제(thema)로 논문을 쓰려 했다. 보들레르에게는 '황혼', 랭보는 '새벽' 그리고 베를렌느는 '밤'이라는 시간의 주제가 시 세계에서 주요한 의미를 갖는다고 생각해, 그 세 개의 시간을 다뤄볼까 하는 생각이 있었다. 그것을 친하게 지냈던 한 평론가에

기 동안 학점 이수를 끝내고, 여름방학 동안 논문을 완성해서 개강 전 9월 말에 심사를 받았다. 논문은 독일 작곡가 리하르트 바그너의 음악이 보들레르의 시학에 끼친 미학적 영향을 다루었다. 보들레르는 선배 시인 네르발(Nerval)과 함께 바그너의 음악을 파리에 소개한 선구자였다. 그가 바그너에 대해 쓴 장문의 에세이를 분석해서, 그의 음악 이해가 시 세계와 어떤 관계를 갖는지를 밝힌 것이었다. 나는 되도록 시인으로서의 면모에 머무르지 않고 비평가, 이론가로서의 보들레르를 다루고자 했다. 그것이 돌아가신 스승에게 제출하는 뒤늦은 숙제라고 생각했기 때문이다.[67]

하지만 박사 과정에 진입하자 다른 것들이 보이기 시작했다. 이미 한 번 해본 공부였다. 석사 때와 같은 과정을 반복하는 일이었다. 물론 더 깊이 있게 들어가야 한다는 전제가 있지만, 그렇다고 새롭지는 않았다. 문득 그때에야 비로소

---

게 얘기한 적이 있다. 사실 진지한 고민 끝에 나온 생각은 아니고, 그냥 직관적으로 떠오른 아이디어였다. 하지만 프랑스에 가보니 한 시인만 공부하기에도 쉽지 않았다. 꽤 시간이 흐른 뒤, 그가 이 테마로 우리 시인에 관한 박사학위 논문을 쓴 것을 보았다.

67  그래서인지 지도교수는 석사논문 심사를 마치며, 당신이라면 논문 제목을 '음악 평론가 보들레르'라고 붙였을 것이라는 코멘트를 남겼다. 기뻤다. 지도교수이신 베아트리스 디디에는 낭만주의 문학 전공자로, 바로 옆의 음악학과에서도 학생을 지도할 권리를 가진 음악학 연구자이기도 했다.

외국문학 연구자의 삶을 살 것인지, 아니면 글쟁이의 길을 걸어야 할는지에 대한 고민이 싹트기 시작했다. 외국문학 연구자의 삶이란 일생을 모국어가 아닌 다른 언어로 작품을 읽고 분석하며 해석하는 일을 의미한다. 내 기준으로는 그러려면 일상적 대화 구사의 수준을 넘어, 해당 외국어로 자유롭게 생각하고 표현할 수 있을 정도의 언어능력을 필요로 한다. 그런데 나는 그 정도는 아니었다.[68] 정확한 언어를 사용하는 강의실에서는 별 불편이 없었지만, 그렇다고 준비 없이 나서서 강의를 할 수준은 못 되었다. 그 정도의 능력을 갖추려면, 훨씬 더 많은 노력이 있어야 했다. 그런데 그러고 싶지 않았다. 내 외국어 습득 능력이 특별하지 않은 데다, 프랑스어를 대학에 들어와 익힌 터라, 상당 기간 한국어 사용 환경과 담을 쌓고 별도의 몰입을 하지 않는 한 그만한 프랑

68 물론 한국 대학의 적지 않은 교수들이 그 수준에 이르지 못한다. 상대적으로 일찍 배우는 영어는 모르겠으나, 제2외국어 문학의 경우는 크게 다르지 않다. 설령 해당 언어로 강의를 한다 해도, 듣는 학생들이 괴로워할 것이다. 프랑스 영화관에서는 외국 영화의 경우, 오리지날과 프렌치 버전으로 나누어 상영한다. 90년대 중반 조디 포스터 주연의 영화가 들어왔다. 프렌치 버전의 대사 역시 조디 포스터의 목소리였다. 더빙에 직접 참여한 것이다. 미국 예일대학 프랑스문학과 학사 출신의 그녀는 주의를 기울이지 않는 한 거의 알아챌 수 없을 정도로 완벽한 프랑스어를 구사했다. 그 대학의 강의는 프랑스어로 이루어진다. 서양의 대학에서 외국어문학 강의는 초급 문법 과정 정도를 제외하곤 거의 그렇다. 나는 그 강의 방식이 맞다고 생각한다.

스어를 구사하기가 쉽지 않았기 때문이다. 무엇보다 그렇게
까지 프랑스어를 익혀야 하는지, 나 자신이 설득이 되지 않
았다. 나는 한국어 글쟁이였다. 내가 프랑스문학 연구자의
길을 가지 않은, 혹은 못한 이유가 그것이다.[69]

대학 신입생 시절, 지도교수였던 영문학과의 송낙헌 교수
를 뵈러 간 적이 몇 번 있다. 소설 전공의 그분에게 어느 날
여쭤보았다. 한국인으로서 영어로 된 작품을 읽고 공부하는
것의 의미가 무엇인지, 꽤 길게 대화를 나누었던 것 같다. 결
론 가운데 하나는, 영어권 모국어 연구자들이 한국인의 연
구 성과를 따로 신경 쓰지 않을 것이라는 점이었다. "우리들
끼리 하는 것이지요!" 그 순간 송 교수님의 목소리가 쓸쓸
했다. 인문대학 2동 3층에 있던 연구실을 나와 긴 복도를 걷
던 순간이 떠오른다. 언어의 보편성과 주변성에 대해 인지
하는 순간이었다. 물론 그 한계를 넘어 모국어 연구자 이상
의 연구 성과를 내는 분들이 드물게 있다. 나로서는 흉내 내
기 어려운 뛰어난 능력이다.

---

69 1997년 가을 몬트리올에 갔다가 캐나다 퀘벡주가 프랑스어권 확대 차원
에서 프랑스 대학 학위를 가진 외국인을 위한 이민 쿼터를 갖고 있다는 것
을 알았다. 게다가 예술가는 우대였다. 소액의 인지대만 내면, 영주권을 주
는 제도였다. 어릴 때의 꿈이 조선 탈출이었기에 심각하게 고민하다 그만
두었다. 한 달 가까이 돌아다니며, 거기서는 글을 쓸 수 없을 것이라는 생
각이 들었기 때문이다.

프랑스에서 생활하며 이따금 "너도 안 되는구나!"라는 선생의 목소리가 들렸다. 아마 적지 않은 '외국어문학도의 고백'일 것이다. 두 언어 사이의 교량(橋梁) 역할을 할 것인가, 아니면 전공 언어의 전문 연구자가 될 것인가? 선생 역시 책을 읽는 문어(文語)의 영역에서는 불편함이 전혀 없었겠지만, 구어(口語)의 영역에서는 같은 고민을 갖고 계셨던 것이다. 그래서 조금이라도 일찍 회화 능력을 갖추라고 나를 내몬 것이다. 그때부터 준비했더라면 달라졌을까? 아닐 것이다. 내 천분(天分)이 거기까지였다.

그런 점에서 문학 연구자로서의 김현은 '제너럴리스트의 시대'라는 틀에서 봐야 한다. 우리 근대 학문의 역사가 짧고, 국학 연구 방법론 자체가 부재한 상황이었기 때문에, 앞서 연구 모델을 보여준 외국으로부터 많은 것을 배워 적용해보던 시기가 있었다. 대략 1960년대부터 80년대까지가 그런 시기였다고 생각한다. 일본어와 일본 학문의 유산에서 벗어나 해당 외국어를 직접 익히고, 그것을 한국어로 표현하기 시작한 60년대의 4. 19 세대로부터 적어도 한 세대 정도의 시간이 필요했던 것이다. 그 한 세대 동안 우리는 경제의 압축 성장이 그러하듯이, 서양 학문의 역사를 압축적으로 쫓아가며 받아들였다. 선생을 예로 들자면, 프랑스문학의 경우 보들레르와 랭보 등 낭만주의의 문학적 세례로부터 시작해서 베케트 같은 20세기 모더니즘까지 연구의 스펙트럼이 넓다. 물론 1980년대를 맞으며 프랑스 비평사와 비평이론으로 수렴되어, 르네 지라르와 미셸 푸코에 대한 선구적 연구로 표현되었지만, 그의 전공을 정확히 무엇이라 규정할 수 없다. 아마 더 살아계셨다면, 데리다와 들뢰즈, 블랑쇼 등을 아우르는 전위적 비평이론에 대한 연구로 이어지지 않았을까 추측해볼 뿐이다.[70] 그런데 이런 면모야말로 불모지에서 학문을 일군 제너럴리스트의 시대적 과제가 아니었을까?

선생의 국문학 연구 또한 마찬가지다. 김윤식과 공저한 그의 『한국문학사』의 어느 한 대목을 내가 비판한다고 해서 그 책의 의미가 줄어드는 것은 아니다.[71] 그것은 1970년대

---

70　유학 시절을 되돌아보면, 선생의 제자가 아닌 사람들 대부분은 선생의 연구에서 오류나 미진한 점을 지적하는 일에 열을 올리곤 했다. 마치 그로써 자신들이 선생보다 더 나은 역량의 소유자라도 되는 것처럼 말이다. 기껏 자기 전공 하나 끌어안고 끙끙대는 형편에. 그런데 선생은 당신의 사소한 오류에 대해서조차 한참 어린 제자에게도 인정하고 밝히는 사람이다. 사실 연구란 오류를 고쳐나가는 과정 자체. 가스통 바슐라르의 과학 인식론이 보여주듯이, 오류는 더 큰 진리로 나아가는 디딤돌이기도 하다. 그 오류를 통해서 새로운 진리의 가능성이 만들어지기 때문이다. 선생은 그것에 '감싸기'라는 이름을 붙였다.

71　1991년 초여름쯤으로 생각한다. 김윤식 교수께서 제자인 한형구(한기) 선배를 통해 점심을 하자는 뜻을 전해왔다. 그전에 공식적으로 뵌 적이 없다. 강의를 신청한 적이 있는데, 타학과 학생은 쫓아오기 어려울 것이라고

초반의 시대적 산물이다. 이광수와 이청준, 김소월과 김수영에 관한 선생의 글이 이들 시인 작가를 전공으로 하는 연구자가 보기에 미진한 점이 있다고 해서, 그 글 자체의 의미가 덜 중요해지는 것은 아니라는 말이다. 그것을 디딤돌로 해서 우리는 거친 강물을 건너올 수 있었기 때문이다. 나는 오히려 불모의 상황에서 디딤돌을 놓은 그들의 피땀을 한없이 존경해야 한다는 쪽이다. 선생은 누구보다 섬세하고 순발력 있는 비평가였고, 그의 비평을 통해 한국문학을 들여다보는 어떤 '맥락'을 만들고자 했다. 작가와 작가, 글과 글, 글과 사회 사이에 다리를 놓아 맥락을 만드는 일에 있어 그와 묶일 수 있는 사람이라면 유종호, 김윤식… 정도가 아닐

협박성(?) 모두(冒頭) 발언을 하시길래 바로 그만두었다. 나중에 권영민 교수의 강의를 듣고자 했더니, 똑같은 소리를 했다. 외국어도 아닌 모국어를 갖고 왜 이리 위세를 부릴까 좀 의아했다. 권영민 교수의 강의는 막상 들어보니 쫓아가기에 전혀 어렵지 않아서 그냥 편하게 청강했다. 뒤에 내가 강의하는 사람이 되었을 때, 타과 학생이 수강 신청을 하면 반갑고 좋았다. 어쨌거나 김윤식 교수로서는 아마도 일찍 세상을 뜬 친구의 제자에게 밥을 한 끼 먹여야겠다는 부채의식 같은 것이 있지 않았을까? 김 교수 댁 근처 동부 이촌동 중식당에서 가진 식사 자리에는 한형구 선배를 비롯 국문과 출신의 젊은 평론가인 권성우와 류철균씨가 함께 했다. 지금도 그 자리를 마련해준 김 교수께 마음 깊이 고마워한다. 그는 이광수, 이상, 그리고 무엇보다 카프 같은 전문 분야를 개척한 행복한 연구자다. 하지만 놀라운 열정의 표현인 그것 역시 시대적 산물로 보아야 한다. 국문학 연구는 아직도 식민지의 기억에서 자유롭지 않은 것 같다. 그것이 힘인 동시에 장애물일 것이다.

까? 나는 이들 모두 발 빠른 제너럴리스트를 필요로 하는 시대의 거인들이라고 생각한다.

반면에 1990년대부터는 문학적 상황 자체가 달라졌다. 여러 가지 이유가 있겠지만, 크게 두 가지만 적겠다. 하나는, 1980년대에 이념의 금기가 무너진 점이다. 한국문학 내적으로는 월북 혹은 납북 작가의 작품이 해금되었다. 국문학 텍스트가 비로소 균형을 갖추고 객관적 탐구 대상이 된 것이다. 소문 속에서 신화화되었던 작품들이 일상의 범속한 거리에 내걸렸다. 오로지 텍스트의 문학적 의미 자체로 검증받을 수 있는 지점까지 한국문학은 성숙한 것이다. 외적으로는 소비에트 연방의 해체와 함께 공산주의 이념의 폐기 선언이 있었다. 이념으로서의 문학이 아닌, 문학적 이념을 찾아야 하는 과제가 대두되었다.

다른 하나는, 개방이다. 1980년대 5공화국의 해외여행 및 유학 자유화 조치 이후 낯선 타자(他者)로서의 외국이라는 장벽이 차츰 사라졌다. 우리는 더 이상 폐쇄적 후진국에 머물지 않고, 전 지구적 네트워크의 구성원이 되었다. 한국문학이든, 외국문학이든, 담론의 전문성을 요구하는 상황과 맞닥뜨린 것이다. 이미 근대문학 연구 성과의 축적이 어느 정도 이루어졌고, 자료 접근 차원에서 물리적 연구 환경의 획기적 개선과 함께, 연구 성과의 소비 자체가 우리만의 리그로 머물지 않는 시대가 된 것이다. 한국학을 연구하는 외국인이 늘었고, 외국어로 해당 국가에서 연구하는 한국인 연구자도 늘어났다.

그러한 스페셜리스트의 시대에서 보자면, 앞 세대 제너럴 리스트들의 작업이 다소 거칠고 성겨 보일 수도 있다. 그러나 다시 말하지만 그것은 그들의 능력이 아니라, 시대적 제약의 문제다. 무엇보다 전체적 지형도를 그리기 위한 개론적 지식이 먼저 필요했고, 그들은 주어진 시대적 과제에 충실했다. 설령 지금 우리 눈에 그들 작업의 세련되지 않은 허술함이 보인다 하더라도, 그것은 우리가 그들의 어깨에 올라탄 덕이지, 우리 자신의 능력에 힘입은 게 아니다. 우리는 거인의 어깨에 오른 난쟁이들일 뿐이다. 실제로 2천 년대 이후 유종호, 김윤식, 김현 같은 맥락의 평론가들이 더 이상 나오질 않고 있다. 우리의 문학 연구는 이제야 넓이의 차원에서 깊이로 간신히 성숙해가고 있는 중인 것이다.

그런데 선생이 내 정신의 아버지라고 해서 그를 신화화하고 싶은 생각은 없다. 만약 혹시라도 그런 점이 있다면, 그것은 모두 내 글의 미숙함 탓이다. 그는 말의 따듯한 온기로 여전히 살아 있는 존재다. 그래서 나는 내가 알고 있는 그의 인간적인 면모를 더 말하고 싶었다.

예를 들면, 죽음 앞에서 두려움이 없었다고 적은 것은, 공포에 무너져 삶에 매달리는 모습을 보이지 않았다는 것이지, 아예 살려는 노력을 하지 않았다는 뜻이 아니다. 처음 병원으로 선생을 모시고 다닐 때는 그래도 회복 가능성이 보였다. 몸이 많이 축이 나긴 했지만, 얼굴 표정만큼은 맑았다. 나는 따로 드릴 것이 없어 벽제 내 거처 뒤쪽 산의 한적한 절간에서 솟아나는 샘물을 한 통씩 담아갔다. 당일 새벽에 일어나 제일 깨끗할 때, 물을 떴다. 선생은 그 샘물을 좋아했다. 그 물만 드신다고 사모님께서 흉을 보실 정도였다. 생수를 파는 시스템 자체가 없던 시절이다. 즐겁게 물을 날랐다. 천연 용천수라 오래 보관이 어려워 병원 진료와 무관하게 댁으로 날라다 드렸다.

그런데 담백한 성품답게 선생은 순수 자연에 대한 어떤 믿음을 가졌던 것 같다. 물론 병이 마음을 약하게 만들어 더 자연에 기댔을 수도 있다. 그러던 끝에 지리산 자락의 자연 요양원으로 가셨다. 아끼던 제자뻘 시인이 소개한, 약을 끊고 자연식을 하며 산속을 걷고 쉬는 것으로 치유 효과를 높인다고 알려진 곳이었다.[72] 한 달 여의 시간이 흐르고 결과는 아주 안 좋았다. 선생이 다시 서울로 돌아왔을 때는 죽음

---

[72] 선생이 돌아가시기 전에 그 요양원을 운영하는 의사를 만난 적이 있다. 그래서인지 지리산으로 안 갔으면 했다. 그냥 직감이 그랬다. 그래서 소개한 시인의 이름을 여기 적지 않겠다. 그의 탓은 아니다.

의 그림자가 짙게 어른거렸다. 나는 지금도 혹시 내가 가져 간 그 샘물이 자연에 대한 믿음의 뇌관이 되어 그런 선택을 하도록 만든 것이 아닐까 자책한다.

내친 김에 하나 더 적겠다. 이 회고가 혹시라도 사모님과 유가족에게 누가 되지 않기를 바란다. 선생이 서울로 돌아 와 다시 대학병원에 입원했을 때는 나도 마음을 굳게 먹어 야 했다. 다시 사모님과 교대해가며 병실을 지켰다. 그런데 마침 그때 선생이 팔봉 비평문학상 수상자로 선정되었다. 당연히 기쁜 일이었지만, 불행하게도 선생은 그 수상식장 에 나설 상태가 아니었다. 그래서 첫째 김상구 군(君)이 대 신 상을 받기로 했다. 하지만 스물도 되지 않은 대학 신입생 이었다. 고리타분한 영감들 잔치에 나설 마음이 생길 턱이 없었다. 그래서인지 사모님을 따라 병실에 온 상구 군이 계 속 자신이 어떻게 거길 가느냐고 투정을 부렸다. 평소 두 분 의 가정교육 모습을 몰라 나로서는 모르는 체했다. 기운이 없었던 선생은 나지막한 소리로 화를 참아가며 첫째를 달랬 다. 그래도 상황이 상황이니만큼 결국 부모의 뜻을 받아들 였다. 상구 군이 사모님과 함께 수상식장에서 입을 양복을 사러 나간 뒤, 선생과 나, 단둘만 병실에 남게 되었다. 좀 전 의 그 상황이 좀 난처하셨던지 선생이 말했다. "미안하다! 내가 자식을 잘못 키워서…" 내가 답했다. "아뇨, 아직 어려서 그렇죠! 저라면 끝까지 도망갔을 겁니다." 선생이 조용히 웃으셨다. "흐흐흐 그러냐?" 나도 웃었다.[73]

그날 저녁 때였다. 보통 저녁 시간에는 사모님께서 곁을 지키는데, 그날은 양복을 사고 저녁까지 먹여서 들여보내기로 했기에, 사모님께서 좀 늦게 오시기까지 내가 남아 있었다. 병실은 1인실이라 안에 화장실이 딸려 있었지만, 워낙 기력이 쇠한 탓에 침대 곁에서 소변통을 쓰셨다. 요의를 말하시길래 화장실에서 씻어둔 소변통을 가져다드리고는 부지런히 돌아섰다. 그런데 바깥이 어두워서인지 공교롭게도 창에 실내 모습이 다 비쳤다. 선생이 링거를 꽂은 채로 조심스럽게 환자복 바짓단을 끄르다 바지가 발목까지 내려갔다. 살이 빠져서 앙상한 하관의 뒷모습이 그대로 다 비쳤다. 순간 선생이 고개를 돌려 나를 보았다. 나는 눈을 감았다. 하지만 이미 그의 표정에 걸쳐 있는 황망함은 내 눈을 통해 가슴에 들어와 박혔다. 눈물이 나려는 것을 참았다. 잠시 뒤, 선생이 다 되었다고 하시길래, 돌아가서 커피를 푼 물 같은 짙은 색의 소변통을 들고 화장실로 갔다. 거기서 통을 비우고

---

73  김상구 군은 수상식장에서 의젓하게 선생을 대신해 수상 소감을 읽고, 끝까지 예의 바르게 소임을 완수했다. 돌아가시기 전, 마지막으로 '뜨거운 상징'을 화두로 던져놓은 선생의 수상 소감은 두고두고 화제가 되었다. 선생은 말의 좋은 의미에서, 성숙한 낭만주의자이다.

씻으며 물을 세게 틀고 한참 있었다. 세수를 하고 나와야 했다. 사모님이 오셨다. 병실을 나와 병원 벤치에서 병실 창을 올려다보며 밤 늦도록 앉아 있었다.

선생을 떠올리면, 40대에 막 접어든, 황지우 시인의 표현처럼 체구가 '김응용 감독만한' 기운 넘치는 건장한 모습과 함께, 그날 병실 창에 비친, 바지가 벗겨진 앙상한 엉덩이와 다리의 이미지가 꼭 겹친다. 삶과 죽음 사이에 그가 걸쳐 있는 것이다. 특히 자코메티의 조각상 같은 그 마지막 모습을 생각하면, 1980년대 후반으로 갈수록 선생의 글이 왜 단문으로 이어지며 짧아졌는지, 수식어가 줄며 문장 사이의 여백이 늘어났는지 조금 알 것도 같다. 물론 그가 몸과 글의 일치를 의도한 것은 전혀 아니다. 군더더기를 싫어한 맑고 정갈한 그의 성품이 40대의 완숙함과 함께 글로 나타난 것이다. 외람되지만, 선생의 문장은 그때가 백미다. 글이 짧아진 대신 여백의 여운이 짙어서 마치 말의 샘물처럼 읽을 때마다 새로운 풍미가 솟아나기 때문이다.[74]

그와 대조적으로, 젊어서 쓰신 어떤 글에는 어쩔 수 없이 한자와 일본어의 영향이 꽤 남아 부자연스러운 대목도 있

---

74  여기서 파스칼의 말을 인용해야겠다. 친구에게 긴 편지를 쓴 뒤, 그는 추신에 이렇게 썼다. "미안하네! 짧게 쓸 시간이 없었네." 나는 말이 많고 긴 평론을 읽지 않는다.

다. 문장과 사유는 하나다. 표현할 수 없는 것은 생각하지 못했다는 뜻이다. 하지만 그의 글에 어색한 자리가 있다고 해서, 그것이 꼭 흠이 되지는 않을 것이다. 이 점 역시 시대라는 프레임으로 이해해야 하기 때문이다. 선생 세대에게는 본(本)이 될 만한 한글 텍스트가 많지 않았다. 그들은 한자와 일본어와 싸워가며 한글세대로서의 소임을 다하고자 애썼다. 거기에 번역투의 문장도 끼어들었다. 그것은 운명이다. 구어로서의 한글은 민족의 역사만큼이나 오래 되었지만, 글로서의 우리말은 갑오경장 이후 한일합방까지 잠시, 그리고 해방과 한국전쟁 뒤에야 비로소 자유롭게 쓰인, 불과 수십 년 남짓한 신생의 미숙한 언어이기 때문이다.[75] 일본어에 짓눌린 앞 세대와 달리, 한글세대로서의 자부심을 가진 선생과 같은 글쟁이들의 선구적인 작업이 없었다면, 지금 우리가 쓰는 한글이 이만한 모습을 갖추기 어렵다. 문어로서의 한글은 지금도 한자, 일본어, 외국어 더미 속에서

---

75  프랑스어의 경우 18세기 텍스트부터 부분적인 라틴어를 제외하면 읽기에 어려움이 없다. 하지만 한글 텍스트의 경우 식민지 시대는 물론이고, 해방기의 것만 하더라도 표기법 등에 있어 심각한 이물감이 있다. 한 예를 들면, 박완서는 구어체 문장을 구사하는 대표적인 작가다. 그래서 자연스럽고, 고칠 곳이 보이질 않는다. 하지만 박 선생 뒷 세대의 작가들조차도 문어체의 문장은 지뢰밭을 적지 않게 갖고 있다. 언문일치의 차원에서 보면, 박완성의 문장은 미덕을 갖고 있다.

담금질을 통해 더 성숙해지고 있다. 앞으로도 그럴 것이다.

다시 처음 언급한 『한국문학의 위상』으로 돌아가겠다. 글쟁이로서의 선생은 내내, 그 쓸모없는 것을 해서 뭐 하냐는 모친의 질문과 싸웠다. 그런데 한국문학은 우리의 사유와 감성을 담아내는 한국어를 일구어 세련되게 가꾸는 최일선의 전위(前衛)다. 한국어로 사유할 수 없으면, 그 감각을 표현할 수 없다면, 우리에게 그 사유와 감각은 아직 존재하지 않는 것이다. 소월의 토속어든, 춘원의 계몽적 언사든, 외국어문학도의 프랑스어든, 이인성과 이성복의 전위적 언어이든, 그에게 언어는 쓸모없음 자체로 삶의 의미 없음과 싸우며 새로운 의미 창출의 싹을 틔우는 판이었다. 그는 그 말의 판을 성실하게 만들고 풍요롭게 가꾸었다. 그 판이 있었기에 거기서 역사와 사회, 철학과 과학, 정치와 경제 등등의 말이 성장하며 분화할 수 있었다. 나는 거기에 제너럴리스트의 시대를 짧고 뜨겁게 살아간 선생의 손길과 목소리가 깊이 새겨져 있다고 생각한다.

2012년 말 즈음이다. 눈을 들어보니 어느새 내가 선생이 세상을 뜬 그 나이에 가까워 있었다. 더 잊히기 전에 그의 손길과 목소리의 따뜻함을 붙잡고 싶었다. 그 뒤로 지난 몇 해 나는 선생과의 기억을 간직한 서랍의 먼지를 털고 녹을 지워내며 그의 목소리와 온기를 온전히 꺼내고자 애썼다. 나

김현　따뜻하게 타오르는 사랑의 말

만 알고 있는 것들을 그대로 내버려두면 사라지고 말 것이었기 때문이다. 나는 혼자 갈무리했던 기억을 디디며 다시 그를 찾아갔다. 30년 저편의 기억들이다. 그래서 불완전한 것들이 있을지도 모르겠다. 거기에 대해서는 머리 숙여 이해를 구한다. 이제 여기서 한없이 이어질 것 같은 이야기를 마치려고 한다. 말이 많았다. 짧게 쓸 시간이 없었던 것은 아닌데도 그러질 못했다.

지금 나는 선생의 나이를 훌쩍 넘겼다. 그에 비추면, 지난 몇 해 전부터 내게 주어진 삶은 행복한 덤이나 마찬가지다. 그런 차원에서 선생은 내게 죽음을 두려워하지 않을 수 있는, 삶을 사랑하는 철학을 남겨주었다. 그의 모든 것이 따뜻한 사랑이지만, 그래도 굳이 나누자면, 염결과 성실의 학자적 면모보다는 그것을 넘어 꿈꾸고 즐기며 행복해한 비평가로서의 모습이 나는 좋다. 그래서인지 완벽할 것만 같은 모습 못지않게 아프고 쇠해서 고통스러웠던 그 모습까지도 삶이라는 뜨거운 상징으로 나는 받아들인다.

그래서일까. 그의 글을 읽다보면, 가난하고 막막하지만 알 수 없는 에너지로 미래를 예감하던, 젊다 못해 어린 시절의 나로 돌아간다. 내 무의식은 그곳에서 가장 안온함을 느낀다. 선생과 함께 숨 쉬며 웃던 그 시간, 말의 성찬 속에서

'천국의 도서관'을 드나들던 그 시간은 정말 행복이었다.[76] 그 행복이 좀 더 많은 사람들에게 전염될 시간이 있었다면, 그가 좀 더 오래 살았더라면, 한국문학은 적어도 지금과는 꽤 다를 것이다!

---

76 '천국이란 거대한 도서관'이란 표현은 바슐라르의 것이다.

선생은 내게 죽음을 두려워하지 않을 수 있는,
삶을 사랑하는 철학을 남겨주었다.
그의 모든 것이 따뜻한 사랑이지만 ……
염결과 성실의 학자적 면모보다는
그것을 넘어 꿈꾸고 즐기며 행복해한
비평가로서의 모습이 나는 좋다. ……
완벽할 것만 같은 모습 못지않게
아프고 쇠해서 고통스러웠던 그 모습까지도
삶이라는 뜨거운 상징으로 나는 받아들인다.

제2부

김현의 '비평의 방법과 비평의 유형학'을 통해 본

# 1980년대 이후의 비평에 관한 몇 개의 단상

이 글은 김현 사후 10주기를 맞이하여 쓴 것이다. 따라서 단순히 1980년대 이후의 한국문학 비평에 대한 일반적인 검토를 목표로 하지 않는다. 먼저 김현이 가장 활발하게 비평의 진경(珍景)을 펼쳐 보인 1980년대와, 따라서 그의 때 이른 죽음과 함께 빈자리가 유난히 커 보였던 1990년대를 통해 우리 비평의 배경(背景), 아니 전경(前景)으로 살아 움직였고, 또한 여전히 멈추지 않고 있는 그의 비평정신의 핵심을 더듬어보려고 한다. 그 길에서 그에게 영혼의 핏줄을 대고 있는 적지 않은 비평의 가계도(家系圖)가 드러나길 나는 바란다. 아울러 '문학의 죽음'과 '비평의 부재'라는 담화가 일상의 식탁처럼 펼쳐지는 지금 한국문학의 현실 속에서 과연 그 부재의 의미가 무엇이며, 죽음이 사실인지에 대해 우회적으로 답을 찾아볼 것이다.

## 분석적 해체주의

여러 사람들에 의해 반복해서 인용된 끝에 이제는 아주 낯익은 김현의 발언이 있다.

> 나는 이제야말로 문학비평가가 정말 해야 하는 것은 무엇인가를 명확하게 생각해야 할 시기라고 생각한다. 반체제가 상당수의 지식인들의 목표이었을 때, 문학비평이 무엇이냐는 질문은 사치스럽기 짝이 없는 질문처럼 생각되었다. 그러나 이제는? 문학은 그 어느 예술보다도 비체제적이다. 나는 그것을 문학은 꿈이다는 명제로 표현한 바 있다. 문학이 있다는 것만으로도 사회는 꿈을 꿀 수가 있다. 문학이 다만 실천의 도구일 때 사회는 꿈을 꿀 자리를 잃어버린다. 꿈이 없을 때 사회개조는 있을 수가 없다. 문학비평은 문학비평이 문학비평으로 남을 수 있게 싸워야 한다. 그 싸움과 동시에 문학비평은 문학비평이 정말 할 수 있는 것은 무엇인가, 문학비평이란 무엇인가라는 자신에 대한 질문과도 싸워야 한다. 80년대에 문학비평은 무엇일 수 있을까, 80년대의 앞자리에 나는 그 질문을 나에게 되풀이하여 던진다. (4:346)[1]

---

1  이 후 괄호 안의 숫자는 김현 전집의 번호와 쪽수를 나타낸다.

지금은 사라지고 없는 계간 『문학과 지성』 1980년 봄 호에 실린 이 글은 70년대까지의 비평을 전체적으로 점검하면서 우리의 비평계가 크게 보아 '창작과 비평'(이하 '창비')과 '문학과 지성'(이하 '문지')의 두 축으로 모이게 된 당시의 문학적 정황을 개진하는 글로 잘 알려져 있다. 문학 그 자체, 비평 그 자체를 위해 글쓰기를 할 수 있을 때가 비로소 왔다고 판단한 그에게, 따라서 그때까지의 우리 문학사 속에서 가장 왕성했을 70년대의 비평을 점검하는 것은 어쩌면 너무나 당연한 일이었을 것이다. 거기에서 그는 70년대의 비평을 '실천적 이론'과 '이론적 실천'으로 나누며 후자에 속하는 자신의 비평적 입지를 암묵적으로 드러낸다. 암묵적으로? 그래, 자신의 이름을 따로 적어 넣지 않았으니까. 그런데 그의 글은 문학사나 비평사에 속할 실증적인 차원만의 자료 정리를 목적으로 하지는 않았다. 그가 원했던 것은 글의 제목처럼 '비평의 방법'에 대한 고찰이었다. 방법은 단순한 개인적 취향이 아니라 엄정한 선택이며, 그 선택에는 정치 혹은 권력이 개입되어 있다는 것을 그는 이미 알고 있었던 것 같다. 나중에 좀 더 구체화되겠지만, 그에 따르면 '방법 – 이론'은 작품과 현실을 매개하려는 존재의 움직임, 그것도 전존재의 투사(投射)로 이루어지는 움직임이다. 그러나 김현의 이 글 안에서 어쨌든 구체적인 '비평의 방법'이제시되지는 않는다.

그래서였을까? 그로부터 정확히 5년 뒤에, 지금은 역시 사라지고 없는『예술과 비평』1985년 봄 호에서 다시 자신의 것을 포함한 '비평의 유형학'을 시도한다.

> 내가 이 글을 쓴 것은 1985년 봄이다. 다시 말해 문
> 학이 절규만으로 존재하고 있던 시대에 이 글은 그
> 절규를 논리로 바꿔볼 수 없을까 하는 고뇌 속에서
> 쓰여졌다. (7:238)

거기에서 그는 축약된 한국문학 비평사에 관한 언급에 있어 5년 전의 글에 대한 약간의 반복을 무릅쓰면서까지 이번에는 명시적으로 자신의 비평 방법을 드러낸다. 그 사이에 현실은 그의 예상대로 움직여주지 않았다. 새로운 세상은 오지 않았고, 이전보다 더한 야만의 어둠이 도처에 드리워졌다. 문학 이전에 '절규'가 너무도 당연하게 받아들여지던 그런 상황의 절박함이 아마도 그로 하여금 자신의 비평적 글쓰기에 대한 자의식을 좀 더 분명히 토로하도록 몰아갔을 것이다. 그때는 이미 그의 문학의 집이었던 계간지『문학과 지성』도 강제로 폐간되어 사라진 뒤였다. 따라서 문지의 구성원 전체를 묶어준 '이론적 실천'이라는 포괄적 개념을 '문화적 초월주의'와 '분석적 해체주의'로 나누고, 후자에 속하

는 자신의 구체적 비평 방법론을 표명하게 된 것이다. 그의 분류에 따르면, 같은 문지 동인 가운데 김병익과 김주연 그리고 오생근은 전자에 속하며, 그와 김치수는 후자에 속한다. 그의 분석적 해체주의란 "문학이 우리가 익히 아는 경험적 현실의 구조 뒤에 숨어 있는, 안 보이는 현실의 구조를 밝히는 자리이다라고 믿는 세계관을 뜻한다." 그때 작품은 "숨은 구조가 드러나는 자리이다."(7:234)

흥미롭게도 '비평의 방법'이란 제목을 달고 있는 글에서 시도된 것은 '비평의 유형학'에 가깝고, '비평의 유형학'이라 이름 붙여진 글에서 두드러지는 것은 자신의 '비평 방법'인데, 어쨌거나 이 두 글을 통해 김현은 '작가/작품'과 '현실/세계'가 직접적인 등가(等價)의 재현을 통해 연결되어 있다는 전래의 문학적 형이상학을 해체한다. 거기에서도 물론 언어가 여전히 그 둘을 잇는 매개자인 것은 사실이나, 그때의 언어는 고정되어 있지 않은, 심지어는 그것이 작가이든 혹은 세계이든 그 기원의 왜곡과 기원에 대한 일탈까지도 기꺼이 감행하는 '모호한 것'으로서의 언어이다. 언어는 '작가/주체'와 '현실/세계'가 끊임없이 부딪치는 자리이자, 동시에 그 둘을 해체, 변화시키는 생동하는 에너지이기 때문이다. 그 둘의 파괴된 흔적을 담으면서 언어가 또한 새로운 생성의 기원이 되는 것이다. 비평은 그러한 언어로써 파괴와 생성, 과거와 미래를 동시에 오가는, 분열하며 조합하는 실존의 운동 그 자체이다. 김현에게 있어 80년대 전반기의 5년 동안 이루어진 비평인식의 심화는 바로 그 지점에 도달해 있다. 그러니 비평은 텍스트가 그러하듯 실체가 아닌 무수한 운동이다.

## 주석(註釋)과 글쓰기

분석적 해체주의에 따르면, 텍스트는 실체가 아니다. 언어가 운동하는 공간인 것이다. 비평 또한 그러한 언어를 여기저기 딛으며 그 사이를 가로지르는 또 하나의 텍스트이다. 모든 좋은 텍스트가 이전의 문학에 대한 하나의 비평이듯 ―"모든 작품은 그 이전에 나온 작품에 대한 긍정적/부정적 성찰의 결과다(7:13)"― 좋은 비평이란 언제나 하나의 텍스트가 되는 것이다. 작가들에게는 그래서 조금 미안한 말이 되겠지만, 비평은 결코 개별 작품에 대한 주석이 아니다. '분석과 해석'이라는 과정 속에서 비평은 작품 속으로 뛰어드는 것이자 작품 밖으로 뛰쳐나오는 것이기 때문이다. 이 들어가고 나오는 행위는 순차적으로 이루어지는 구분 행위가 아니라 동시적이다. 거기에서 비평은 작품에 대한 주석이기를 그치고 그 자신 작품이자 작품이 아닌 글쓰기의 실천, 곧 생성의 글쓰기가 된다. 주석은 작품을 고정된 실체로 가정함으로써 자신도 하나의 부수적인 실체가 되는 것이지만, 글쓰기는 그 실체로 가정된 것들 사이를 움직이며 반향(反響)하는 의식이다. 그리고 또 그 의식의 움직임으로 해서 고정된 것으로 여겨졌던 잠정적 실체들 또한 사실은 움직임이었음이 증명된다. 글쓰기는 파동의 역학이다.

그 움직이는 능동적 의식의 존재는 물론 자신이 "공감"하는 타인의 의식, 즉 텍스트의 의식으로부터 운동을 시작한다. 그것은 마치 연주자의 영혼이 악기의 영혼을 만났을 때 울려나오는 사랑의 소리와도 같다. 그러나 연주자의 영혼이란 공간 안에 이미 소리가 있었듯이, 악기의 영혼 또한 자신의 공간과 — 공간이 없다면 소리도 없다 — 그 공간을 감싸고 있는 또 다른 공간들, 무수한 음악당의 공간, 그 가변(可變)의 공간을 넘어서는 또 다른 공간을 갖고 있다. 그것이 없다면 음악이란 존재하지 않는다. 비평적 글쓰기도 마찬가지이다. 의식과 의식의 만남, 그리고 만남에서 시작된 그 관능의 소리가 가 닿는 무수한 구조로서의 공간을 울리는 음악과도 같은 것이기 때문이다. 그 파동의 에너지를 통해 감싸는/감추어진 구조는 모습을 드러낸다. 그러한 발견은 생성을 전제로 한다. 움직이는 의식이 없다면, 발견이란 불가한 것이니까. 앎이 태어남을 전제로 하고, 태어남이 앎을 예비하고 있듯이 말이다.[2] 그러니 끊임없이 생성(生成)하며 변화하는 움직임의 궤적, 그것이 바로 비평적 글쓰기이며, 거기에는 마침표가 없다. 분석적 해체주의의 글쓰기는 그래서 언제나 현재진행형이다. 지금도 진행 중인 이 사유가 이인성의 소설, 정과리의 비평 등을 통해 사건으로 나타난다.

### 실증(實證)과 실증주의

역사가 그다지 길지 않은 비평은 그러나 이제 독자적인 '비평학'을 이룰 만큼 다양한 이론과 사유자(思惟者)를 갖고 있다. 과격하게 말하자면, 작품이 없이도, 비평에 대한 비평만으로도 자신의 생존을 충분히 영위할 수 있게 된 것이다. 그렇지만 말의 진정한 의미에서, 비평이란 늘 대상으로서의 텍스트에 대한 한없는 구애(求愛) 행위이다. 사랑이 자신의 대상에 대해 아주 작은 기미에도 슬퍼하고 기뻐하며 가장 은밀한 지점을 기억하고 있듯이, 심지어는 대상에 대해 죽

---

2  1부의 각주에서 적은 적이 있는데 프랑스어에서 '알다'라는 동사 'CON-NAITRE'는 '함께'라는 의미의 접두사 'CON-'과 '태어나다'라는 의미의 동사 'NAITRE'가 결합된 말이다. 이것의 가장 상징적인 예는, 성경에서 성모 마리아가 아기 예수를 잉태할 것이라는 천사의 예언을 듣고, 자신이 남자를 "알지" 못하는데 어떻게 그런 일이 가능하냐고 물을 때의 그 '앎'이다. '안다'는 것은 이처럼 함께/태어난다는 뜻을 갖고 있다. 그렇지 않다면 어떻게 새로운 생명이 생성되겠는가? 그러니 함께 태어나는 것으로서의 '앎'은 언제나 생성이다.

　　　　　　김현  따뜻하게 타오르는 사랑의 말

음의 판결을 내리는 순간에라도 자신이 먼저 그 죽음을 살 정도로 말이다. 비평은 그래서 작품/텍스트에 대한 존중이라는 겸손함과 동시에 대상을 만지고 들여다보는 자신의 행위에 대한 확신이라는 자부심 사이를 역설처럼 오고간다.

작품/텍스트에 대한 존중은 우선 실증(實證)의 움직임으로 나타난다. 사랑이란 그 대상의 모든 것을 알고자 하는 것이다. 가슴 두근거리며 처음으로 손을 잡기까지 어떻게든 상대를 파악하고자 애쓰는 열에 들뜬 청춘처럼 '실증'은 모든 비평의 출발이다. 최대한의 성실성을 전제로 하는 '실증'의 작업이 없다면 대상은 몸을 내주지 않는다. 설령 내주더라도 거기에는 일회적인 부딪침이 있을 뿐이다. 둘 사이에 '관계'는 성립되지 않는 것이다. 반복적인 관계가 없다면, 부딪침은 부유하는 욕망의 소리에 실려 다 사라지고 아무것도 남기지 않는다. 한국문학은 그런 점에서 성숙한 애정의 모델을 많이 갖고 있지 못하다. 이상(李箱)을 비롯한 몇몇 작가들을 제외한 나머지 대다수의 경우 섬세한 애정의 대상이 되어본 적이 드물기 때문이다. 김윤식 같이 실증주의의 선구적 연구자가 없는 것은 아니지만, 어쨌든 한국문학은 '실증'의 차원에서 아직까지는 서투른 사랑을 하고 있다.

우리가 알고 있는 서양의 '신비평'은 실증주의와의 싸움의 결과이다. 그것은 '실증'의 작업이 충분히 이루어져 있었기 때문에 가능한 일이기도 했다. 그들은 실증주의와 '실증'의 차이를 분별할 만큼 성숙했다. 실증주의란 거칠게 요약하자면 '실증'의 작업이 전부라고 주장하는 것이다. 열에 들뜬 청춘들이 손을 잡은 뒤, 상대와 하나가 되기 위해 해야 할 일이 얼마든지 있는데도 말이다. 거기가 바로 '실증'의 중요성과 실증주의의 위험이 갈라지는 대목이다. 그런데 한국문학은 실증주의의 불구(不具)를 방패 삼아 기본적인 '실증'의 고된 성실성마저 회피하고 있다. 하지만 '실증'이 누락된 대개의 경우, 글은 새로운 비평으로 가기보다는 '인상비평'에 머무르고 만다. 자세히 들여다본 적이, 섬세하게 만져본 적이, 충분히 대상의 몸을 느낀 적이 없기 때문이다. 그것은 어떻게 보면 실증주의만도 못하다. 상대에 대한 고려는 조금도 없이 혼자서만 쾌락을 추구하고는 희희낙락하는, 일방적이어서 사실은 더 무지한 성욕에 가깝기 때문이다. 비평은 대상을 재단하는 폭력이 아니며, 대상을 평가하는 권력도 아니다. 좋은 비평은 사랑의 말이기 때문이다. 그것은 겸손한 포옹이며, 작품과 함께 태어나는 기쁨이다. 한국문학 비평은 이 지점을 넘어서야 하며, 그런 면에서 아직 실증주의 이전에 있다. 몇몇 선구자들의 뛰어난 성취에도 서양문학 비평에 비해 적어도 한 세대는 뒤처진 것이다. 그러니 진정한 '우리의 비평학'은 아직 태어나지 않았다.

김현  따뜻하게 타오르는 사랑의 말

## 민중적 전망주의

「비평의 유형학」에서 김현은 '분석적 해체주의' 그리고 '문화적 초월주의'와 다른 한편에 '민중적 전망주의'를 위치시키고 있다. 그것은 「비평의 방법」에서 그가 '실천적 이론'이라 부른 것의 연장이다.

> 첫 번째의 관점에 [실천적 이론에] 서는 비평은 창작을 지도하여 세계 개조의 도구로 만들어야 하는 임무를 띠고 있었다. 작가는 세계를 개조해야 한다는 의지를 가진 인간이 영웅적으로 싸우는 것을 그려야 하는 사람이었다. (4:345)

> 민중적 전망주의란 문학이란 민중에 의한 세계 개조의 실천의 자리이며 도구이다라고 믿는 세계관을 뜻하며 [⋯]. 같은 분석이지만, [⋯] 민중적 전망주의에 있어서는 실천 행위이며 [⋯]. 작품은 [⋯] 실천 행위를 고취하는 움직임이며 [⋯]. (7:233-234)

'모호함' 대신 자율성을 얻은 '분석적 해체주의'의 언어와는 달리 '민중적 전망주의'의 언어에는 자율의 근거가 없다. 그저 작가와 작품, 그리고 작품과 세계를 연결하는 완벽하게 투명한 창일 뿐이다. 작가/작품/세계, 그들 셋을 잇는 고리에는 따라서 단절이 없으며, 오직 등가의 재현만이 존재한다. 주체로서의 작가의 의지를 굴절시키는 영혼의 불안 혹은 의식의 불완전(不完全)이란 없으며, 세계는 감추어질 수 없는 객관적인 실체인 것이다. 그리하여 언어/작품은 두 객관적 실체를 연결하는 도구 이상의 의미를 갖지 못한다. 일찍이 『문학이란 무엇인가』에서 사르트르가 힘주어 말한 '산문의 언어'에 해당되는 것이다. 백낙청에게서 정점의 예를 본 이 방법론은 최원식, 김명인, 조정환, 백진기 등등 80년대 내내 많은 분화를 거치며 왕성한 개화를 보였으나 지금은 거의 찾아볼 수 없다. 비록 그것이 실제적인 작품론에 있어서는 빈곤했던, 이론만의 풍요이기는 했지만, 어쨌든 이런 갑작스런 침묵은 그것에 동의하지 않았던 사람들에게조차도 당혹스럽다. 그 고요함이 조용한 종말로 귀결되지 않고, 성숙을 위한 준비 혹은 시련이기를 나는 바란다.

### 자연과 인위

언어가 완벽하게 투명한 창이라는 전제는 '자연스러움'의 신화를 낳는다. 주체를 있는 그대로 자연스럽게 표현할 것, 대상을 있는 그대로 자연스럽게 옮길 것, 그것이 곧 진리이기 때문이다. '미메시스(mimesis)' 개념이 논의의 주요한

김현 따뜻하게 타오르는 사랑의 말

화두가 된 것도 그러한 이유에서이다. 그때의 '자연'은 따라서 '거짓'의 대척점에 서 있다. 그런데 문학이 '허구'라는 명제를 생각하면 문제는 복잡해진다. 허구와 거짓 사이의 구별이 쉽지 않기 때문이다. 그렇다면 '자연'/진리로서의 문학과 '허구'/거짓으로서의 문학은 어떻게 연결되는가? 민중적 전망주의는 이에 대해 아직 명확한 설명을 한 것 같지 않다.

문학은 허구의 언어를 만들기 위해 최대한의 이성과 상상력을 투사하는 활동이다. 그럴 때의 '허구'란 "사실이 아닌 것을 사실처럼 얽어 만듦"이라는 의미를 갖고 있다.[3] 그것은 '인위(人爲)'를 뜻한다. 문학은 의도적으로 인위를 지향하는 움직임인 것이다. 인위란 따라서 선험적으로 '사실'이 존재하는 것이 아니라 '얽어 만듦'의 과정 속에서 사실이, 진리가 생성되는 것임을 말한다. 이것은 현대의 인식론과 과학철학에서 우리가 배운 것들이기도 하다. 허구로서의 문학적 진리란 따라서 '허(虛)'에서 알 수 있듯이 선험적으로 존재하는 것이 아니며, '구(構)'에서 보듯 만들어지는 과정, 롤랑 바르트 식으로 조금 멋지게 표현한다면 "지속적인 짜임"이

---

3  이기문 감수, 『동아 새국어사전』, 두산동아, 1998.

다.[4] 그러니 자연스러운 문학이란 말은 거짓의 반대로서 진리를 담는 실체가 아니라, 그냥 아무것도 아니라는 말이나 마찬가지이다. 허구를 지향하는 인위적 활동으로서의 문학은 이렇게 '자연'의 신화를 폐기한다. 그런 점에서 자연스러운 것은 혐오스럽다는 인식이 현대 비평의 출발이다. 비평이란 더 인위적이 되고자 하는 활동이다.

## 계몽의 안과 밖

그럼에도 '민중적 전망주의'에는 지울 수 없이 휘황한 자리가 하나 있다 선민(選民)적 계몽의 전통을 뒤집어본 전환의 계기가 그것이다. 우리의 현대문학은 태생부터 이광수로 상징되는 계몽의 엘리트주의와 밀접한 관련을 맺고 있었다. 세계는 어둠에 짓눌려 있고, 대중은 근대적 이성의 바깥인 그 어둠에 파묻힌 존재였기에, 문학은 이성의 빛으로 그들에게 밝음을 주어야만 한다고 생각했던 전통 말이다. 그러나 1980년대는 오히려 그러한 엘리트주의가 사실은 지식인의 존재기반의 허약함을 반증하는 것이라는 점을 확인하는 시기였다. 대지와 가장 가까이 밀착되어 있는, 세계의 진실을 온몸으로 체득하고 있는, 따라서 언제나 역사의 주역

---

4  롤랑 바르트, 김희영 옮김, 『텍스트의 즐거움』, 동문선, 1997. 111쪽.

이 될 절대다수의 민중으로부터 배울 것. 그것이 우리의 오만하지만 사실은 허약했던 지식인의 계몽주의에 제공된, 겸손과 균형을 위한 자양분이다. 80년대 비평의 사상사적 장관(壯觀)은 바로 거기에 있다. 그러면 계몽의 빛은, 이성이라는 권력은 이제 누구의 몫인가, 과연 기원은 있는가?

## 집단과 개인

'민중'이라는 1960년대 이래의 공동체적 전망은 애초부터 소멸이 예정된 것이었는지 모른다. 근대의 시민사회는 '천부인권'과 '사회계약'을 두 날개로 삼고 있다. 그런 점에서 우리의 현대사도 법적 지배와 인권의 신장을 위해 싸워온 것으로 파악할 수 있다. 따라서 우리의 시민사회가 어느 정도 안정된 모습을 보이기 시작한 1990년대 들어 공동체적 전망이 급격히 와해되기 시작한 것은 당연한 일이기도 하다. 법에 의하지 않고서는 이제 그 어떤 윤리적 당위로도 개인을 움직일 수 없게 되었다. 개인은 절대적 존재가 되는 것이다. 시민사회의 성숙이 그렇게 개인주의의 심화로 이어지는 과정은 그에 대한 찬반 여부와 상관없이 우리보다 앞서 그것을 경험한 서구사회에서 익히 확인되는 모습이다. 그러니 흘러가버린 공동체적 전망에 대한 회고적 집착은 시대착오일 가능성이 높다. 하지만 그렇다고 해서 우리의 역사에서 그것이 떠맡았던 역할까지 부정하지는 않는다. 극단적 억압에 시달린 우리의 현대사에서 공동체적 전망은 해방과 자유라는 자신의 소명을 차고 넘칠 만큼 다했다. 그 소멸은 따라서 회한의 쓸쓸함이 아닌, 소명을 다하고 떠나는 아름다운 사라짐이다. 그러니 진정한 의미에서의 후일담은 그 모습이 빨리 멀어져가도록 그냥 내버려두는 일이다.

물론 지금처럼 과도한 개인주의 시대에 그 개개인을 연결하는 어떤 집단적 시민 윤리가 만들어질 것인지는 별개의 문제이다. 혁명처럼 세상을 바꾸고 있는 생명공학과 정보통신 혁명은 과연 개인이라는 밀실에서 고독에 몸을 떠는 자폐의 개인주의에 출구를 열어, 억압이 아닌 자발성의 집단 윤리를 창출하는 장이 될 수 있을 것인가? 아니면 '연결/활동'이라는 'Net/Work'을 생명공학의 유전자 조작에 맡길 것인가? '하이퍼텍스트'로 나타날 디지털 시대의 글쓰기를 지켜볼 일이다.[5]

## 생태주의

신이 죽고, 인간이 죽었다. 이성의 주체가 죽고, 저자도

---

5  여기에 대해서는 다음 책을 볼 것: 김민수, 『멀티미디어 인간 이상은 이렇게 말했다』, 생각의 나무, 1999. 특히 제 IV장 「디지털 주사위 던지기: 하이퍼미디어와 시각문화」는 이런 관점에서 대단히 야심만만하며 도전적인 글이다.

죽었다. 이제 프랜시스 후쿠야마의 주장처럼 생명공학에 의해 만들어지는 '후(後)인간'의 시대가 올는지도 모른다.[6] 어쨌거나 근대 이후 '만인 대 만인의 싸움'은 인간만이 아니라 생의 근거로서의 환경마저 파괴했다. 정복 대상으로서의 '타자'는 도처(到處)의 모든 것이었기 때문이다. 죽음은 대기 중에 스며들어 호흡처럼 우리의 생과 함께 한다. 죽음이 생성을 가능케 하는 것이 아니라, 생이 곧 죽음이 되어버린다. 환경의 '살림'이라는 절박한 명제 앞에서는 따라서 그 어떤 대립도 무의미하다. 새로운 시민사회의 집단 윤리를 당위적으로 요청하는 근거도 바로 이것이다. 그러니 생태주의는 『녹색평론』만의 몫이 아니다. 그것은 문학 고유의 내재적 요청이다. 문학이란 애초부터 꿈꾸기이며 숨쉬기인 까닭이다. 죽음의 문화에 생을 돌려주는 움직임, 그것이 바로 문학과 비평의 시작이며 끝이 될 것이다.

---

6 Francis Fukuyama, 「Second Thoughts: The Last Man in a Bottle」, 『The National Interest』, 1999년 여름 호. 그를 스타덤에 오르게 한 논문인 「역사의 종언」 발표 10주년을 맞아 제작된 이 특집호의 기고논문에서 후쿠야마는 생명공학으로 가능해질 '후 인간의 역사(Posthuman history)'를 예고하고 있다.

## 문학과 문화

90년대를 문화의 시대라고 부르기도 한다. 그 어느 때보다 다양한 그리고 격렬한 문화적 욕망의 분출이 있었다. 특히 영상문화에 대한 욕구는 미래학자의 서투른 예측을 훌쩍 뛰어넘는 것이었다. 그 와중에서 '문학의 위기'라는 담론이 만들어졌다. 활자문화와 함께 한국문학이 지녔던 우선적 지위에 대한 집착에서였을 것이다. 그러나 조금만 더 생각해보면, 문학의 위기라는 담론은 과장이며 가짜다. 집단적 전망이 역사의 특별한 계기에 자신의 소임을 다하고 아름답게 무대에서 물러나듯이, 활자와 문학의 영화(榮華)도 때가 되면 스러질 역사의 특별한 국면의 한 현상이기 때문이다.

물질의 진화라는 차원에서 보면, 문학의 영광은 다른 문화, 특히 영상매체의 상대적인 후진성과 연결되어 있었다. 물론 미술의 화랑, 음악의 연주장, 연극이나 무용의 공연장 등도 영상매체와 마찬가지였다. 20세기까지 근대사회의 문화적 환경은 서점이라는 일상의 공간과 만인이 공유할 수 있는 책의 장점을 대신할 수 없는 수준이었다. 책이 보통명사였다면, 나머지는 다 특별한(?), 그래서 예외적인 그 무엇이었던 것이다. 그러니 1980년대 들어 급속하게 진행된 소비의 시대에 VTR과 CD 플레이어의 보급이 음악과 영상의 '게토(ghetto)'로서의 특별한 지위를 해체하고, 책이라는 일상의 시공간을 잠식한 것은 있을 수 있는 일이다. 음악과 영상은 이제 지니고 다니며 즐기는 손쉬운 것이 되었다.

그리고 문학의 주도적 위치는 무엇보다도 정치적 억압에 힘입은 바 컸다. 표현의 자유가 심각하게 억눌려 있던 상황에서 제도로서의 입인 문학은 다른 모든 표현욕구가 몰려드는 유일한 출구였기 때문이다. 직접적이기보다는 알레고리에 가까운 문학은 권력의 즉각적인 탄압을 피할 수 있는 지혜를 내재적으로 갖고 있었다. 그런데 또 어떻게 들으면, 자존심이 상할는지도 모르겠지만, 권력의 시각에서 문학은 다른 매체에 비해 상대적으로 그만큼 덜 위험한 것이었는지도 모른다.

어쨌거나 이제 표현의 자유에는 거의 제약이 없다. 문화는 누구나 다 열린 입이 될 수 있는 장이 되었다. 아니 이제 열린 입 자체가 문화이다. 그렇기 때문에 문학의 고유한 영역의 상대적인 축소는 돌이킬 수 없는 현상이다. 경제적인 차원에서의 문학시장이 위기인 것은 그런 점에서 사실이다. 하지만 어쩔 수 없다.[7] 중요한 점은 개화(開花)하는 다양한 문화가 어떤 방식으로든 문학적 인식을, 비평적 인식을 요

---

7 교육제도의 변화가 시장을 유지할 유일한 출구인데, 논의의 분산을 피하기 위해 이 글에서는 따로 적지 않겠다.

구하고 있다는 것이다. 따라서 그에 부응할 문학은 문화로 스며들어 번질 수 있다. 그 스밈과 번짐은 소멸이 아니며, 나는 오히려 그것을 문학의 확장, 아니면 적어도 연장(延長)이라고 생각한다. 그러니 1990년대 문학의 위기설이란 대부분 문학과, 문학동네를 이루는 그것의 시장(市場) 범주를 분별하지 못한 사람들의 조급함의 소산이거나 의도적인 과장이었다는 점에서 거짓이다. 문학과 문화의 부딪침/접합을 그리는 일은 아주 중요한 비평의 한 과제로 우리의 눈앞에 놓여 있다. 그런데 그 뒤에도 지금과 같은 제도로서의 문학이 여전히 남아 있을 것인가?

## 서양의 유혹, 맹신 그리고 수사(修辭)의 비평

4. 19 세대의 비평은 일반론에 가깝다. 그래서 후대의 전문가의 소견으로는 서투르게 보이기도 한다. 백낙청과 김윤식이 때로 그러하듯, 김현의 어떤 글들, 특히 프랑스 문학을 다룬 몇몇 글도 예외가 아니다. 하지만 그것은 그 세대가 처한 시대적 정황의 산물이지 능력의 소산이 아니다. 그들은 서구를 빨리 소화·흡수해야 한다는 시대적 요청에 호출 당해 있으며, 그 요청에 아주 성실하게 부응했다. 그리하여 오히려 우리 것만도 아니고, 그렇다고 서양 것만도 아닌 '서양/우리'라는 변종을 만들어내기에 이르렀다. 그것은 그 세

김현  따뜻하게 타오르는 사랑의 말

대가 가진 문화적 자부심의 외적 표출이었다.

문제는 이후 세대에게 있다. 1980년대 이후의 비평에는 오히려 과도한 서구 편향이 존재하기 때문이다. 아마도 사회과학의 복사판 원전 학습에서 시작되었을 그 편향은 이제 고질병이 되었다. 철학의 남용 혹은 오용이라고 부를 수 있을 그것은 크게 두 가지 점에서 덧나고 있다. 하나는 이후 세대에게 논리의 젖줄을 대준 서구 사상가들에 대한 맹신이다. 그 사상가들의 사유가 문학 텍스트의 섬세한 독서와 '뒤집어 읽기'에서 비롯되었다는 점을 모르거나 의도적으로 잊고 있는 것이다. 그 무지와 망각으로 인해 사유의 원천이 되어야 할 우리의 텍스트가 실체로 고형(固形)화된 서구 사상의 침대에 뉘어져 재단의 대상으로 변하는 씁쓸한 풍경이 수도 없이 연출된다. 일찍이 김현이 '새 것 콤플렉스'라고 명명한 현상이 다시 등장한 것이다. 그 다음으로 '수사(修辭)의 비평'을 들 수 있다. 서구 사상가들에 대한 맹신은 있었으되 사유의 역사적 맥락(context)에 대한 이해가 결여됨으로 해서, 살아 있는 개념이 되어야 할 사유가 생기를 잃고 수사의 차원으로 격하된 것이다. 원전 깊이 읽기는 물론이려니와 그 원전이 탄생한 문화사적 배경에 대한 성의 있는 고찰은 잘 보이지 않는 대신 과다한 정보의 상징인 개론(槪論)적 지식만이 풍문처럼 떠돌고 있다. 그 결과로 살아 있어야 할 개념들이 생성의 계기를 박탈당한 채, 우리 비평의 테두리를 장식하는 조화(造花)가 되어버렸다. 그것은 상당수의 한국문학 연구자들이 답습하고 있는 무서운 폐해이다. '원전'에 대한 철저한 읽기는 쌓이지 않고, 그 원전에 대한 풍문만을 키운, 그래서 오히려 원전에 대한 이해를 가로막기도 하는 입문서들만 어지럽게 수입된 현실. '서양/우리'를 추구하는 '관계에 대한 성찰'로서의 인문학적 전통은 단절되고, 서양 혹은 또 다른 서양으로서의 동양만이 풍문과 함께 유행이 되었다가는 쉽게 사라진다. 그 와중에서 1990년 이후의 '수사의 비평'은 방법론도 유형학도 만들지 못한 채 명멸하고 있다. 1990년대가 '비평의 시대'가 되었으면 하는 애초의 바람과는 달리 비평의 1990년대는 수치다.

4. 19 세대 비평의 자장 바깥에서 제기된 것으로는 그나마 맑스주의 문화분석, 라캉의 정신분석, 미학으로서의 기호학, 동아시아 담론 정도인데 아직 제대로 된 결실을 보지 못하고 있다. 새로운 세대의 비평에 '서양/우리'를 가능케 할 일반적·보편적인 시각, 즉 '전체에 대한 통찰'이 없기 때문일까?

### 문학의 죽음과 삶

문학 그리고 비평은 인간에게 언어가 존재하는 한 결코

사라지지 않는다. 그것은 우리가 죽음을 향하여 다가가지만, 죽음은 언제나 유예되거나 계승되며, 그 유예의 역사가 탄생과 함께 시작되어 지금도 지속되고 있는 것과 동일하다. 문맥은 조금 다르지만 최근에 나는 그것을 한 신문, 『세계일보』 2000년 4월 4일자 지면을 통해 다음과 같이 진술한 적이 있다.[8]

문학은 고대의 제식에 쓰인 노래의 가사에서부터 시작해 시와 희곡 그리고 소설로 스스로의 울타리를 열며 인류의 영혼과 물질의 역사를 기록하고 또 제시해왔다. 그것의 가장 커다란 힘은 그 모든 것을 담아온 총체성이자 개별적인 구체성이며, 또한 모든 것을 담기 위해 변신해온 유연함이다. 그러니 이 어지러운 속도의 신세계 또한 그 자신의 문학을 갖고 있을 것이다. 단지 우리는 아직까지 그 광맥이 파묻힌 지점을 찾지 못하고 있는 것뿐이다. 사실 문학이 위기라는 외침은 문학의 역사만큼이나 오래 되었다. 기회주의는 언제나 위기의 순간에 드러나는 것. 따라서 역

---

8  신문에 활자화되면서 분량 문제로 글에 변화가 있었다. 여기에 인용된 글은 투고된 당시의 것이다. 그러니 신문에 실제 발표된 것과는 약간의 차이가 있음을 밝힌다.

사는 무수한 기회주의적 움직임이 언제나 있었으며, 그럼에도 흔들리지 않은 사람들의 움직임, 글쓰기를 통해 문학이 언제나 그것을 극복해 왔음을 잘 보여주고 있다. 〔…〕 문학은 늘 새로움을 추구하며 변신해 왔지만 아주 오래된 것이며, 그것은 인간이 늘 변해 왔으면서도 또한 변하지 않는 그 자신인 것과 마찬가지이다. 문학의 '현대성'을 열은 보들레르 자신이 19세기 중반에 이미 현대성의 미학이란 일시적인 것이자 흘러가는 것인 동시에 영원하며 불변인 것이라 말한 바 있다.[9]

많은 비관적 지적의 안쪽에서 그럼에도 1990년대의 비평은 '탈(脫)장르', '페미니즘', '몸'[10] 등등 지금껏 제도의 구석에 있던 소외의 담론을 다시 발견해 활성화시키며 그나마 미족(未足)한 갱생의 삶을 살고 있다. 그 속에서 서영채, 황

---

9 보들레르, 이환 옮김, 「현대적 생의 화가」, 『나심(裸心)』, 서문당, 1981. 93쪽.

10 80년대의 '의식화', 즉 "정신을 바꾸라"와 90년 이후의 육체성의 찬양, "몸을 바꾸라"의 대립적 이해에 대해서는 김영하와 김동식이 함께 나눈 아래의 대담을 볼 것: 김영하 외, 「작가와의 대화」, 『당신의 나무』, 제44회 현대문학상 수상소설집, 현대문학, 1999. 82쪽. 이 대담은 우선 김영하의 세계와 관련된 것이지만, 결과적으로 지금껏 나온 신세대 문학의 특징에 대한 가장 흥미롭고 통찰력 있는 지적들을 담고 있다.

도경, 김동식 등의 개성적인 비평가들이 나타났다. 좀 더 많은 비평가들이 그들 주위를 감싸며 흐르는 강물을 이루어나간다면… 바뀔 수 있을까?

하지만 어쨌거나 인간의 생은 시간의 물이 되어 흐르고, 문학은 그것을 세월이라는 이름으로 지금까지 담아왔다. 그런 역사적 변천, 그 흐름 자체가 문학임을 인식하는 것, 그것이 바로 비평이며, 그런 점에서 문학이 사라지지 않듯이 비평은 사라지지 않는다. 이제 새로운 문학과 새로운 비평가들이 또 탄생할 것이다. 그 사이에서 90년대의 비평이 지워진다 해도 어쩔 것인가.

### 덧붙이는 말[11]

2000년 4월 원주 치악산의 토지문학관에서 있은 '김현 10주기 기념 문학 심포지엄' 자리에서 이 글은 제3부의 첫째 주제 발표문이었다. 축약된 발표가 있은 뒤 두 사람의 지정 토론자의 지적이 있었다. 그 자리에서 나는 조금 놀랐는데, 두 토론자가 김현을 읽지 않았거나, 거의 이해하지 못하고 있었기 때문이다. 그들의 질문은 문학 일반론으로 보기

---

11  이 부분은 2002년 졸저 『우리문학에 대한 질문』을 출간하면서 심포지엄의 분위기를 담고자 덧붙인 것이다. 이번 출간을 맞아 전체적인 흐름에 맞추어 살짝 손을 보았다.

에도 민망한 수준이었다. 심지어는 나의 글이 김현 책의 어디에 있느냐는 지적도 있었다. 나의 글은 김현만의 것도, 그렇다고 내 것만도 아닌, '김현/나'의 말이다. 내가 발표문에서 하고자 한 비평의 핵심이 바로 의식과 의식이 만나서 새롭게 말의 생성이 이루어진다는 점이었다. 허탈한 나머지 싱거워서 대답 대신 그냥 웃고 말았다. 선생의 글 도처에 실려 있다는 말을 어떻게 하겠는가? 공교롭게도 그들은 모두 한국문학 전공자들이었다. 토론이 끝나고 청중석에 앉아 있던 한 동료가 나에게 다가와서 이런 말을 대신 해주었다. "할 수 없어. 무식하면 용감한 법이야. 술 같이 먹으면, 그걸 문학으로 알지."

그런데 읽지 않았거나, 잘 모른다면, 그들은 왜 굳이 그 자리에 나왔을까? 지적 불성실을 감출 수 있다고 생각했나? 출판사와의 인적관계 유지가 더 중요했던 것일까? 그렇다면 그것은 다른 참가자들에 대한 모독이다. 그런데 만약 읽고도 이해하지 못했다면? 그것은 타고난 지적 능력이 모자란 탓이니 할 수 없는 일이다. 스스로야 깨우칠 수 없을 테니까. 그런데 솔직하게 말하자면, 그 순간 굳이 그런 사람들을 토론자로 골라서 초청한 주최 측에 상당히 실망했다. 문학적으로나 지적으로 절대로 섞일 수 없을 것 같은 이런저런 성향의 사람들을 불러 모으는 일이 내게는 일종의 패권욕망으로 밖에는 보이지 않았기 때문이다.

생전의 선생은 불성실을 아주 싫어했다. 안 읽고도 읽은
체하는 사람들에 대한 경멸은 가차 없었다. 1980년대 후반
문지 편집장을 지냈던 선배에게 개인적으로 들은 말이다.
어느 날 선생과 작품에 대해 대화를 나눌 일이 있었는데, 한
참 이야기를 주고받다가 선생이 갑자기 대화의 대상이 된
그 작품을 읽어보았느냐고 물어오셨다 한다. 선배는 마침
그 작품은 읽지 못했지만, 다른 작품들은 거의 읽어서 알고
있다고 답했다가, 선생이 정색하고 혼을 내서서 무척 당황
했다고 한다. 문지에서 일을 하던 수년 동안 그렇게 화가 나
신 모습을 처음 보았기 때문이다. 문학하는 사람이 읽지도
않은 작품에 대해 말을 하는 일은 죄악이라는 뉘앙스였던
것 같다. 선생은 특히 거짓말을 싫어했다.[12]

---

12 내가 선생에게 제일 크게 혼난 일도, 당신에게 내가 거짓말을 했다는 오해
  때문이었다. 지금은 모교 교수로 있는, 당시 함께 살던 친구가 선생께서
  나를 찾는다는 학과 조교의 전화를 받고서는 내 방에 갔다가 이부자리만
  펴 있고 없자, 외박을 해서 말을 전할 수 없다고 답을 한 데서 비롯된 사건
  이다. 실은 그날 난 잠이 일찍 깨서 일찌감치 등교를 한 상태였다. 나중에
  사무실에 들렀다가 선생께서 찾으신다는 말을 듣고 연구실에 갔더니, 왜
  외박을 했느냐 물으셨다. 저간의 사정을 모른 나는 곧이곧대로 외박하지
  않았다고 답했다가, 정말 눈물이 쏙 빠질 정도로 혼이 났다. 문학을 한다
  는 자가 거짓을 말해서는 안 된다는 것이었다. 억울했지만, 방법이 없었다.
  그는 나의 선생이었다. 내가 죄송하다고 고개를 숙이자, 그때서야 예의 그
  미소를 띠는 김현으로 돌아갔다.

그리고 머리가 모자라면서 고집만 부리는, 알려줘도 이해하지 못하는 아둔함에 대해서도 마찬가지였다. 물론 겉으로야 내색을 않으셨지만, 나는 그런 경우에 대한 선생의 속내를 여러 번 본 적이 있다. 1989년 여름 막 등단한 내게 선생은 문학판에서의 올바른 처신을 일러주며, 대화가 통하지 않는 사람과는 피하는 것이 상책(上策)이라고 했다. 당신은 그래서 좌담 토론 자리에 나가지 않는 일을 원칙으로 하신다며. 그런데 나는 아직 젊어서 어쩔 수 없이 그런 자리에 나갈 일이 있을 터이니, 절대로 휘둘리지 않을 한 가지 방법을 알려주겠다고 하셨다. 몰라서 답하기 곤란한 질문이 나오면, 아는 척하지 말고, 상대에게 그 질문의 정확한 뜻이 무언지 거꾸로 물으라는 것이다. 그러면 먼저 거짓을 피할 수 있고, 거듭 묻다 보면 상대에게도 결코 지지 않을 수 있다는 것이다. 대신 나중에 반드시 그 질문에 대한 답을 찾아서 알아야 한다는 점을 덧붙이시면서! 질문은 단순한 요령이 아니다. 그것 자체가 힘이자 의미다. 나는 그렇게 이해했다.

그래서 그날 심포지엄 자리에서 일반 토론자 가운데 누군가가, 다른 문학적 입장에 대한 배려가 없다고 지적했을 때, 나는 각자의 길을 열심히 가는 일이 곧 배려라고 답했던 것 같다. 지금도 나는 그게 최선이라고 생각한다. 그렇게 제각기 가다가 자연스럽게 만나는 일이 진정한 '길트기'다. 못

김현  따뜻하게 타오르는 사랑의 말

만나면? 할 수 없는 일이지. 세상에 뜻대로 되지 않는 게, 답 없는 질문이 어디 한두 가지인가?

# 김현
따듯하게
타오르는
사랑의 말

2018년 6월 15일 1판 1쇄 박음
2018년 6월 20일 1판 1쇄 펴냄

**지은이** 박철화
**펴낸이** 김철종 박정욱
**책임편집** 김성은　**디자인** 이정현　**마케팅** 오영일 김지훈
**인쇄제작** 정민문화사

**펴낸곳** 에피파니
**출판등록** 1983년 9월 30일 제1-128호
**주소** 03146 서울시 종로구 삼일대로 453(경운동) KAFFE빌딩 2층
**전화번호** 02)701-6911　**팩스번호** 02)701-4449
**전자우편** haneon@haneon.com　**홈페이지** www.haneon.com

ISBN 978-89-5596-849-1　03810

이 도서의 국립중앙도서관 출판예정도서목록(CIP)은 서지정보유통지원시스템 홈페이지
(http://seoji.nl.go.kr)와 국가 자료공동목록시스템(http://www.nl.go.kr/kolisnet)에서
이용하실 수 있습니다.(CIP제어번호: CIP2018018383)